講談社文庫

小説

パーフェクトワールド

君といる奇跡

有沢ゆう希｜原作　有賀リエ

講談社

小説

パーフェクトワールド

君といる奇跡

春になると、私は、初恋の人を思い出す。
告白する勇気も出せないまま、終わってしまった恋だった。
もう会うことはないだろうって、あきらめてた。
だけど――。
二十四歳のこの年、私はあの人に、再び恋をした。

いつの間にか、今年も桜の花が咲いていた。

就職してからというもの、あわただしい日々が続いていて、気が付くと季節が巡っている。街中に突然現れる桜の花に毎年驚かされ、そして今年も、春が来たことを知らされる。

川奈《かわな》つぐみは、川沿いに咲いた桜並木を眺めながら、おだやかな陽気の中を歩いていた。

桜を見るたびに思い出すのは、あこがれ続けた先輩のこと。

先輩、元気かな。

今どこにいて、何をしているのかも、分からない。

先輩には、夢があったはずだ。

その夢が、叶っていたらいいなと思う。

つぐみは、桜を見ながらのんびり歩いて、インテリアデザイン会社、クランベリーズに出社した。

クランベリーズには、大学を卒業してから新卒で就職した。つぐみは学生時代から、この会社がデザインする、洗練された温かみのあるインテリアが好きだった。職場は明るく、おしゃれな女性たちが元気に働いている。

会社に着いたつぐみは、自分のデスクでメールチェックを始めた。

隣の席では、先輩社員の清水由奈《しみずゆな》と上垣沙良《うえがきさら》が、なにやら話しこんでいる。

「清水先輩、今日、この建築事務所の人たちと飲み会なんですよね？」

手に持ったパンフレットをポンポンと叩いて、上垣が聞く。上垣はつぐみより二つ年上の先輩で、ノリのいいタイプだ。

「そうだよ、GH建築事務所。今度、渡辺《わたなべ》さんのチームと一緒に、仕事することになったからさ」

清水が頷く。今年三十歳になる清水は、チームリーダーのポジションについている。姉御肌《あねごはだ》で面倒見がいい、頼れる存在だった。

つぐみは、上垣が手に持ったパンフレットの表紙に、ちらりと目をやった。GHといえば、新人のつぐみでも名前を聞いたことがある、有名な建築事務所だ。

GHとの飲み会なんてすごい。きっと、優秀な建築士の人が来るんだろうな。

そんなことをぼんやり考えながらキーボードを叩いていると、パンフレットをめくっていた上垣が「あ！」と声を上げて色めき立つ。

「この人、すっごいイケメン！」

「どれどれ？」

「この人ですよ！　えーと、鮎川《あゆかわ》、樹《いつき》？」

つぐみは思わず手を止めた。初恋の、あの先輩と、同じ名前だ。

いや、でも、もしかして。

「こんな若くて、一級建築士だって。やりおるな〜」

面食いの清水が目を輝かせながら言うので、つぐみは前のめりになって、上垣が手にしたパンフレットをのぞきこんだ。

見覚えのある、柔らかな笑顔。

「鮎川先輩……」

写真の下にはたしかに〝一級建築士〟と肩書が書かれていた。

すごい。先輩、夢、叶えたんだ。

「なに、ちょっと川奈の知り合い!?」

高ぶった様子の上垣に聞かれ、つぐみは控えめに微笑んだ。

「高校の先輩です」

「すごい偶然ね！」

目を丸くした清水は、何か思いついたように、ニッと笑った。

「じゃあさ、いっしょに行く？　今日の飲み会」

「え？」

清水はぐっと体を寄せて、きょとんとする川奈の顔を見つめた。

「イケメンの先輩と、奇跡の再会、したくない？」

上垣が促すように頷いた。

かくして、つぐみは半ば無理やり、ＧＨ建築事務所との飲み会に連れていかれることになってしまった。

鮎川先輩に会うの、久しぶりすぎて、緊張する。

卒業してもう何年も経つのに、初恋の先輩をまだ意識しているのかと、自分に呆れてしまう。つぐみは、鮎川が自分のことを忘れていてもがっかりしないように、と自分に言い聞かせた。

清水に連れられてやって来たのは、個室で区切られた和風居酒屋だ。

ＧＨ建築事務所の人たちは、すでに座敷に座って、つぐみたちを待っていた。

「渡辺さん、お待たせしてすみません」

清水が声をかけると、手前に座っていたラフな格好の男性が、

「どうもどうも！」

と片手をあげてから、こちらに軽く会釈した。頭を角刈りにして、無精ひげを生やしているが、目つきは優しい。

軽く頭を下げながら、清水が靴を脱いで、渡辺の向かいの席に座る。

その隣には——。

つぐみは胸をどきどきさせ、伏し目がちに座敷にあがった。

すると隣の若者がつぐみに気づいて、はっと目を丸くする。

「川奈？」

嬉しい。覚えていてくれたんだ。

つぐみは、ゆっくりと顔を上げて微笑んだ。

「お久しぶりです、鮎川先輩」

「やっぱり川奈じゃん！　久しぶり」

先輩のくしゃっとした笑顔が、あまりに昔のままで、つぐみはたまらない気持ちになった。きりっとした眉に、すっと通った鼻筋。たれ目がちな目元は、少しあどけないほどで、笑った顔は子供みたいに屈託がない。

「え、なになに。二人は知り合い？」

渡辺が、二人の顔を交互に見つめて聞く。

「長野の高校の後輩です」

「本当に!?　世間は狭いな」

いる。

「びっくりですよね」

清水も場に合わせて驚いてみせながら、面白そうに鮎川とつぐみの様子を観察している。

「ひとまず乾杯しよっか。なに飲む？」

渡辺が、清水とつぐみにメニューを差し出す。

「みなさんビールでしょ？　同じのでいいよね、川奈？」

清水が手をあげて店員を呼ぼうとすると、渡辺は苦笑いで、

「ほんと、清水さんは仕事が早いんだから。飲みたいものぐらい、ゆっくり選んでくださいな」

女性が好きそうなカクテルメニューを広げて見せてくれる。

「渡辺さん、優しい～」

清水とメニューを覗き込むふりをしながら、つぐみはこっそりと鮎川を盗み見ていた。

鮎川が、つぐみを忘れないでいてくれたこと、顔を見てすぐに名前を呼んでくれたことが、すごく嬉しい。

先輩、覚えてるかな、高校生のときのこと。

――私は覚えてる。何度も何度も思い返した、大事な記憶だから。

先輩との出会いは、最低だった。

＊

ドン！　と、図書カウンターに勢いよく置かれた、何冊かの建築関係の本。

なにこの人――？

それが、鮎川との出会いだった。

高校二年生の春のことだ。図書委員のつぐみは、カウンターで受付け業務をしていた。そこへ鮎川が、分厚い専門書を四冊も抱えてやって来たのだ。

「ですから何度も説明している通り、借りられるのは二冊までです！」

図書委員のつぐみは、毅然と対応したが、鮎川はあきらめが悪かった。

カウンターの前にしゃがみこむと、つぐみの顔を見上げ、ぱちん、と拝むように手を合わせ、

「そんな固いこと言わないで、お願い！　どうしても読みたいんだ」

と、しつこく頼みこんできたのだ。

「せめて三冊！」

「規則ですから」

つぐみは、そっけなく返しつつも、子供のように無邪気な鮎川の態度に、少しだけ心をくすぐられていた。

鮎川は、急に真顔になると、ぐっとつぐみの方に顔を近づけてきた。つぐみが思わず赤面して目をそらすと、鮎川はふっと笑った。

「名前何て言うの？」

「え？」

「君の名前」

鮎川は目を細めて優しい表情で尋ねた。

その繊細に整った鮎川の顔に見とれてしまいそうだ。すっと通った鼻筋、真っ直ぐ伸びた眉、そして甘く、爽やかな瞳。

つぐみは、誘惑に負けじとなんとかすまし顔を作った。

「川奈ですけど」

と、短く答える。

「下の名前は？」

「つぐみ」

「つぐみ、か」

つぶやいた鮎川は、貸出カードの名前欄に、さらさらとつぐみの名前を書くと、
と、自分の名前のカードと一緒に、しれっとカウンターに提出した。

「じゃあ、よろしく」

冊数制限で借りられない二冊は、つぐみの名前で借りてやれという魂胆らしい。

「えっ？　ちょっと！　困ります」

「一日で読むから！」

鮎川は巧みに食い下がり、そのまま四冊の本を抱えて、図書室を出ていこうとする。その背中に向かって、つぐみは思わず席から立ち上がり声をかけた。

「そうじゃなくて！　その本、持ち出し禁止です」

「えっ、そうなの」

強引で勝手で、でもどこかまっすぐで、憎めない先輩——それが、鮎川の第一印象だった。

鮎川が借りようとしていたのは、建築構造設計や土木技術、都市論に関する専門書だった。いずれも高価な本なので、閲覧は図書室内に限られている。

持ち出し禁止となれば、さすがの鮎川も、引き下がらざるをえなかったようだ。借りるのはあきらめて、窓際の閲覧席に陣取り、黙々と本を読み始めた。時折、手元に置いたノートにメモを取っている。

そうまでして読みたい本が、建築の専門書というのが面白い。

鮎川といえば、バスケ部のエースで、校内でも知られたスポーツマンだ。図書室にこもって建築書を読みふけるタイプには見えない。

そんなイメージとは裏腹に、真剣なまなざしで机に向かう鮎川につぐみは魅かれていった。彼の様子が気になって、カウンター業務をしながらも、ちらちらと視線を送り続けていた。

ふと鮎川が、しきりに目をこすっていることに気づいた。時折まぶしそうに、本を傾けながら目を細めている。

いつのまにか陽が低くなって、部屋中に西日が射し込んでいるせいだった。

つぐみは窓際に向かい、カーテンをシャッと閉めた。

「ありがと」

鮎川が振り返る。

つぐみは、鮎川が広げている本を、なにげなくのぞきこんだ。

「難しそうな本ですね」

「俺、建築士になるのが夢なんだ」

「そうなんですか」

さりげない相づちを打ってみるものの、つぐみの心臓はドキドキと鼓動を速めていた。

気負わずに、さらりと夢を語った鮎川の笑顔が、やけに輝いて見えた。

その日以来、鮎川はときどき図書室にやって来ては、建築関係の本を読みふけるようになった。そして、つぐみはいつしか、図書室のカウンターに座りながら、鮎川が来るのを期待して待つようになっていた。

ある日の放課後、鮎川は大きな紙と定規を持って図書室にやって来ると、山のように積みあげた建築書を脇に寄せてから、机に向かって何かを描きだした。

「それ、なに描いてるんですか？」

そっと閲覧席に近づき、思いきって声をかけたつぐみに、鮎川は「建築パース」と素っ気なく答え、

「あ〜〜っ、難しいっ！」

と、無邪気に頭を抱えた。

「高校生対象の建築コンペがあるんだよ。それに出してみようと思って」

手元の大きな画用紙には、バスターミナルらしき場所と往来する人々のイメージ図が書かれている。建築パースとはきっと、建物の完成予想図のようなものなのだろう。立体感のあるその絵は、美術部で絵を描くことが得意なつぐみから見ても、上手だった。

「こういうのって、全部想像で描くんですか？」

「そうだよ。この建物に来た人たちはどんなふうに思うかな、どんな話をするのかな、ってね。建築そのものよりも、そこにいる人たちを想像しながら描く」

——そこにいる人たちを、想像しながら。

鮎川のその言葉は、なぜか強くつぐみの心に残った。

鮎川は学校中の女子生徒の憧れで、有名人だった。さわやかなイケメンで、背が高く、しかもバスケ部の主将。誰からも信頼が厚いエースで、校内ではいつもたくさんの友達に囲まれていた。

そんな鮎川が、あんなふうに図書室にこもって、夢に向かって努力していたことは、きっとつぐみしか知らないだろう。

つぐみは、いつしか、校内に鮎川の姿を探すようになっていった。放課後になると、教室から美術室に行くのにわざと遠回りをして、体育館の前を通った。

体育館の入り口から、こっそりと中をのぞくと、汗を散らして走る鮎川の姿が見えた。

敵チームのパスをカットすると、巧みなドリブルでボールをゴール前まで運ぶ。二人がかりでボールを奪われそうになると、絶妙のタイミングで味方にパスを出した。ゴールポスト手前で、再びボールを受け、そのままシュートを放つ。

投げたボールの行方を見守る鮎川の顔は、真剣そのもので、つぐみは思わずどきっとした。ゴールが決まり、チームメイトと手のひらを打ち鳴らして喜ぶ姿は、無邪気な子供のようだった。

つぐみの中で、鮎川の存在は、どんどん大きくなっていった。

先輩の絵を描きたい。

そんな気持ちを、抑えられなくなっていく。

つぐみは美術部で、絵を描くことが、自分にできる唯一の表現方法だった。

だけど堂々と「先輩をモデルにさせてください」なんて、ぜったいに言えない。

迷ったすえ、つぐみは、体育館の絵を描くことにした。体育館は、先輩がいつも、バスケをしている場所だ。

そこにいる人たちを、想像しながら。

鮎川が言っていた言葉を、胸に留めて、つぐみはイーゼルに向かった。

校庭では、たくさんの生徒たちが、部活動に打ち込んでいる。サッカーに、野球、ハンドボール。そして、描かれてはいないけど、体育館の中では、鮎川がバスケをしている。

つぐみがいつも見ていた、放課後の部活風景。目の前の大切な景色を、忘れたくなかったから、絵に残そうと考えたのかもしれない。

校庭に生えた大きな桜の木も、一緒に描くことにした。やさしい色合いの花びらが、風に舞っている瞬間。それが、なんとなく、鮎川のイメージに合うような気がしたのだ。

イメージを固め、鉛筆を握り、目を閉じる。

手が動き出す。

描いている間、つぐみはずっと、鮎川のことを考えていた。

――先輩は、私の初恋の人だった。

＊

その初恋の人と、まさか、こんなところで会えるとは。

「びっくりしました。鮎川先輩が、ＧＨにいたなんて。一級建築士なんてすごいですね」

「俺も驚いた。川奈、クランベリーズで仕事してたんだな」

ふふ、とつぐみははにかんだ。

鮎川が一級建築士になるという夢をかなえていたことが、なにより嬉しかった。

「川奈は会社でなにしてるの？　内装を任された店舗のデザインとか？」

「いえ、まだそこまでいけてません。でも、インテリアコーディネーターの資格もとったから、いつかはトータルデザインを任されるようになりたいと思っています」

「初々《ういうい》しい！　これからですね」

渡辺がにっこり笑ったので、

「頑張ります！」

つぐみは、笑顔で頷いた。

鮎川がＧＨにいる。それはつまり、これから一緒に仕事をするチャンスがあるかもしれないということだ。

それから四人は仕事から離れて、とりとめのない話をしながら、和やかな時間を過ごした。途中、お手洗いへと席を立ったつぐみは、座敷に戻る途中の狭い通路で、清水と鉢合わせた。

「いーなー」

つぐみの顔を見るなり、清水がニヤニヤしながらうらやましそうに言う。

「なんですか」

「だって、初恋の人に再会、しかも超イケメンって。チャンスじゃん！」

「チャンスって……そんなんじゃないですって。一緒にお仕事する相手なんですから」

照れくさくなって、つぐみはハンカチをぶんぶんと振った。

「うそだー。目がハートだったよお」

「気のせいですよ！　本当にただの先輩です」

「自分の気持ちに正直になりなって！　私、協力するからさ」

苦笑しながら座席の近くまで来たところで、つぐみははたと通路の真ん中で足をとめた。

鮎川が、両腕をつっぱらせながら、畳の上に座り、そのまま体を前に少しずつ動かしていた。両足は前に投げ出され、全く力が入っていないのが見ただけで分かる。

腕の力だけで、力の抜けた両足を引きずりながら、鮎川は上り框《かまち》のほうへ、じりじりと移動した。

「ういー、ちょっと待ってな」

渡辺が通路の奥から、車イスを押して来る。

座敷の手前で車イスを停めると、シートの方をくるりと鮎川に向けた。

「よし、ここでいいか」

「ありがとうございます」

座敷のへりに座って待っていた鮎川は、まずは上半身を車イスに乗せた。それから、棒のように動かない足を両手で持ち上げて、片足ずつ、靴を履かせる。

「一人で大丈夫か?」

「平気です、今日はあまり飲んでいませんから。それにこの時間の桜が丘、見ておきたいですし」

「そうか」

渡辺が頷く。

鮎川は、車イスのタイヤに手をかけると、入り口の方に向かって方向転換した。立っているつぐみと、その後ろにいる清水に気づいて、軽く会釈する。

「お先に失礼します」

「お疲れ様です」

笑顔で挨拶を返す清水の隣で、つぐみは何も言えずにその場に固まった。

頭の中が真っ白になる。

鮎川先輩は、車イスに、乗ってるの――？

「じゃあ、お疲れな」

渡辺に見送られ、鮎川は慣れた手つきで、車イスをこぎ始めた。

「帰り道、気をつけてくださいね」

鮎川に近づいて声をかけた清水を見上げ、「ありがとうございます」と笑顔で頷くと、スムーズな動きで店の入り口に向かう。

先輩、歩けないってこと？

どうして？　いつから？　治るの？

いろいろな疑問が頭に浮かんできたが、口に出して聞ける質問は、ひとつもなかった。

つぐみは呆然と立ち尽くして、去っていく鮎川の後ろ姿を見送った。

「大学の時に交通事故にあったんだ。それで脊髄《せきずい》を損傷して、下半身に麻痺《まひ》が残ったらしい。うちに来たときには最初から車イスだったよ」

鮎川が帰ったあとで、渡辺がしんみりとしながら言った。

つぐみは何も言葉が出てこなかった。

久しぶりに再会した初恋の人が、車イスに乗っている。

それがどういうことなのか、つぐみにはまだ、呑み込めずにいた。

翌日、つぐみが出社すると、上垣が昨日の飲み会の様子を、興味津々といった様子で聞いてきた。触れないのも不自然な気がして、つぐみは、鮎川が車イスに乗っていたことを話した。

「そうなんだ。車イスの建築士なんだね」

上垣は神妙に頷くと、昨日見ていたGHのパンフレットを出してきて、鮎川のページを探した。

「この人だよね。何度見てもかっこいいなぁ」

つぐみの胸がドクンと鳴った。

「イケメンなだけじゃなくて、すごい優秀らしいわよ〜」

清水が、横から会話に加わってくる。「ねえ、川奈？」と、同意を求められ、なんと返したらいいのか分からず、つぐみはあいまいに笑ってごまかした。

「でもやっぱり、この人と恋愛は無理かも」

上垣が何気なく言った言葉に、つぐみは凍りついた。呼吸が早まっていく。

「そんな言い方、ないんじゃないですか？」

突然つぐみが真顔になったので、上垣が戸惑ったように眉を寄せる。

「え？　いや、だって……簡単な気持ちじゃ付き合えなくない？」

「もうほら、あなたたち仕事、仕事！」

清水がとりなすように言ったので、二人はパソコンに向き直る。

それからつぐみは手元を忙しく動かしたが、半分上の空だった。

この人と恋愛は無理――。

そんなことはない、とは言い返せなかった。

鮎川先輩とまた会えて、すごく嬉しかった。なのに、先輩が車イスに乗っていると分かったあの瞬間、一歩引いた自分がいた。

簡単な気持ちじゃ付き合えない。

確かにその通りだ。

つぐみは、複雑な思いで、モニターに表示されたスケジュール表をにらんだ。今日はこのあと、鮎川の働くGH建築事務所へ、インテリアのカラーサンプルを持っていく約束だ。

きっと、鮎川とも、顔を会わせるだろう。

会いたい気持ちはもちろんあるけど、車イスのことが、頭に引っかかっていた。

どんな顔をして、接したらいいんだろう。

「失礼します、クランベリーズの川奈です」

事務所に入ると、すぐに車イスに乗った鮎川の背中を見つけた。テーブルに向かって、手元に集中しながら作業をしているようだ。

――いつも通りに。落ち着いて。

つぐみは胸に手を当てて自分に言い聞かせると、深呼吸して鮎川の背後に歩み寄った。

――明るい声で、自然に、さりげなく。

「先輩！」

ぽん、と肩を叩いたとたん、鮎川が「あ！」と声をあげた。

「……川奈」

と、苦笑いでつぐみの方を振り返る。

手元をのぞきこむと、作りかけの模型のパーツとおぼしき木片が二つに割れていた。

突然つぐみに肩を叩かれたので、鮎川は驚いてパーツを折ってしまったらしい。

「ごめんなさい！」

慌てて何度も頭を下げて謝るつぐみに、「いいって、またやるから」と鮎川が笑いかける。

――いきなり迷惑かけちゃった。何やってんだろう。

落ち込みつつ、つぐみは鮎川の手元をのぞきこんだ。そこには、細部まで作り込まれた建物や共有スペースの立体模型があった。

「これ、なんですか？」

「桜が丘地区の開発プロジェクトだよ。市民交流センターの設計コンペに応募するんだ」

「へえ」

そういえば、昨日の飲み会を早退した時、桜が丘を見に行くと言っていた。

鮎川のこの仕事に懸ける想いを垣間見た気がした。市民交流センターの設計となれば、大プロジェクトのはずだ。それに傾ける情熱が、さらに鮎川を輝かせているようだった。

「川奈さん、昨日はどうも。これ、すごいでしょう。精巧にできていて」

通りがかった渡辺が、鮎川を盛り立てるように言った。

「こちらこそありがとうございました。色のサンプル、お届けに来ました」

つぐみは、サンプルの入ったブリーフケースを差し出した。

「ありがと。これ、鮎川中心の若手四人のチームでやってるんだ。鮎川が出した初期コンセプトを見て、いけそうだと思った。だから急きょ、鮎川を中心に若手でチームをつくったんだ」

「そうなんですか！」

鮎川先輩は、やっぱりすごいんだ。どんな場所でも、いつも人の輪の中心にいる人。

つぐみは感心して、作業をする鮎川を見つめた。

「もしコンペでグランプリを取ったら、内装はクランベリーズさんにお願いするからね」

「えっ!?」

つぐみは目を丸くした。実現したら、鮎川先輩と仕事ができる。

「その時は、川奈さん、よろしく」

「……はい」

「一緒に仕事できるといいな」

頷くつぐみに、鮎川が声をかける。

「はい！」

先輩が、こんなに一生懸命に取り組んでいる案件を、手伝わせてもらえるかもしれない。そう思っただけで、自然と笑みがこぼれた。

その後、今日はもう退社するという鮎川に誘われて、思いがけず二人で食事に行くことになった。

整備された歩道を、車イスをこぐ鮎川と並んで歩く。自然と、ゆっくりとした歩調になった。

「なんか、川奈と仕事帰りに飯に行くなんて、変な感じ」

鮎川はくすぐったそうに髪をかき上げた。

「高校以来ですよね、二人で話すの」

「うん。あの時制服だったしな」

「懐かしいですね」

あの日、図書室に来た鮎川の姿が、よみがえる。

白いシャツに、紺色のネクタイ。青のブレザーが鮎川によく似合っていた。

あれから短くない月日が流れ、鮎川もつぐみも大人になった。

一級建築士になるという夢を早くも叶え、大きなプロジェクトに挑戦する鮎川の姿は、ただただ眩しい。しかも障がいを抱えていながら、夢をあきらめずにここまで来たのだ。

「先輩はすごいなあ、夢を実現させて」

「俺、川奈は絵の仕事に進むんだと思ってたよ」

つぐみは、苦笑いした。

今の仕事には、満足している。でも、高校時代のつぐみの夢は、イラストレーターになることだった。

「高校の時、一度だけ展覧会で入賞したことがあるんです。……夢は叶うってあの時は信じてたけど、でも現実は厳しくて」

「そうだよなあ」

「少しでも絵が描けることを活かしたいと思って、インテリアデザインの勉強中です」

展覧会で入賞したのは、鮎川がいつもバスケをしている体育館と、鮎川のイメージの桜の木を描いた、あの絵だった。その時の自分の想いをすべてキャンバスにぶつけてしまったから、それ以来、つぐみはもう長いこと絵を描いていない。

鮎川が車イスを停めたのは、こじんまりしたお洒落なイタリアンレストランだった。

「ここ、近いからよく来るんだ。うちの職場の行きつけ」

レストランの入り口の前は、二十センチほどの段差になっていて、車イスでは上がれそうにない。

開け放たれた扉の奥から、鮎川の姿に気づいた店のスタッフが二人、表に出てくる。

「いらっしゃい、鮎川くん」

親しげに声をかけてくるスタッフに、鮎川も手をあげて挨拶を返す。

二人のスタッフは、両側から車イスに手をかけた。

「前、持って。よし、いくよ」

「せーの」

慣れた様子で声をかけあい、車イスをひょいと持ち上げて、段差の上まで運ぶ。

「いつもありがとう」

鮎川が二人の顔を順番に見て、お礼を言う。

エプロンをかけた男性が出てきて、扉を押さえながら鮎川とつぐみを中へと案内してくれた。

「どうぞ。奥のテーブルね」

「いつもありがとう」

鮎川がよく来るお店に連れてきてもらったようだ。

気後れせずにスマートに振る舞う鮎川も、自然に鮎川をサポートするスタッフの姿も、とても素敵だと思った。

鮎川の洗練されたライフスタイルが垣間見えて、なんだかドキドキしてしまう。

先輩、かっこいいなぁ……。昔と、全然変わってない。

そんな実感がわいてきて、胸が温かくなる。

鮎川がオーダーを手早く取りまとめ、二人は赤ワインで乾杯した。

「川奈。全く触れないのも不自然だから、少し話しとく」

カポナータやアボカドのカナッペを食べながら、お互いの近況報告も一区切りついたところで、鮎川が切り出した。

「俺、大学三年の時、事故にあったんだ。自転車で横断歩道を渡っていたら、交差点に入ってきた車とぶつかって、運ばれた。目覚めたときは病院で、脊髄損傷と言われた。それで歩けなくなったんだ」

つぐみはフォークを置いて、話に耳を傾けた。

「事故にあってからは、色々なことをあきらめざるをえなかった。以前と同じ生活は出来ないし、きっともう、恋愛をすることもないと思う。だけど、建築士の夢だけは、どうしてもあきらめたくなかった。それで、今の事務所に入って一級建築士の資格を取ったんだ」

つぐみは、小さくうなずいた。

もう恋愛をすることもないと思う、という鮎川の言葉が、つぐみの胸にちくりと刺さったのは事実だ。だけどそれ以上に、困難を乗り越えた鮎川の強さがまぶしくてたまらない。夢を追い続ける鮎川の姿はあふれんばかりの希望に満ちていて、なんだか自分のことのように誇らしかった。

「俺は、少しの段差でも、さっきみたいに人の手を借りなきゃいけない。仕事現場でもそういうことがよくあるから、それを嫌がる業者もいるし、ハンデはあるよ。だから、桜が丘のコンペを任されて嬉しかった。絶対成功させたいんだ」

鮎川は自分に言い聞かせるように力強い口調で言うと、顔を上げた。

「俺はしがみついてくよ。この仕事に」

つぐみは、ゆっくりと微笑んだ。

鮎川を見ていると、車イスに乗っていることは、特別なこととは思えなかった。なぜなら先輩は、努力して一級建築士の資格を取って、大きな仕事を任され、昔と同じように夢に向かって前向きでいる。素敵なレストランにも連れてきてくれて、一緒にワインも楽しめる。

よかった、とつぐみは心の中でつぶやいた。

車イスとか、脊髄損傷とか、そんなの関係ない。

障がいを特別視するほうが失礼なんだ、とつぐみは思った。

翌日。

つぐみは上垣と、会議スペースで打ち合わせをしていた。

「派手すぎるかなあ」

「そうですねえ」

新規オープンするカフェに置く、ソファのファブリック。何十枚ものサンプルを見比べながら、ああでもないこうでもないと議論していると、清水が顔を出した。

「川奈。色の追加、すぐ渡辺さんにも連絡しといて」

「はい、電話します」

川奈は上垣に断わりを入れると、自席に戻ってGH建築事務所に電話をかけた。

「クランベリーズの川奈です」

「あ、川奈さん。俺、渡辺」

聞こえてきた渡辺の声は早口で、焦りが滲んでいる。

「ごめん、今ちょっと鮎川が……」

鮎川が、病院に運ばれた――。

渡辺からそのことを聞いたつぐみは、仕事を早退して、区内の病院へと向かった。

渡辺から聞いた部屋番号を目指して、廊下を小走りに抜ける。

鮎川の病室に駆けこんだつぐみの目に飛び込んできたのは、背中の皮膚が剝がれて肉がむき出しになった、大きな赤黒い傷口だった。

さっと血の気が引いていく。

ベッドに横になった鮎川は、こちらに背を向けて横たわっている。鮎川の腰の真ん中辺りがえぐれている。目の前の光景に足がすくみ、その場から動けなかった。

手当てをしていた看護師の一人が、つぐみに気づいて顔を上げた。

「離れます」

一緒に懸命に立ち働く同僚にそう声をかけると、看護師は険しい表情でつぐみの前に立ちはだかって声を荒らげた。

「外でお待ちください！」

「すみません」

慌てて謝って、病室から出る。外に出てもずっと心臓がバクバクしていた。

あんなに大きい傷、初めて見た。真っ赤に血がにじんで、すごく痛そうだった。待合席で呆然としていると、渡辺が隣に座った。

「驚いたよね」

落ち着いた声を聞いた途端、つぐみは思わず涙ぐみそうになりながら頷いた。

あの傷は、褥瘡《じょくそう》と呼ばれるらしい。長時間同じ体勢でいると、体の同じ部位が圧迫され続けて、皮膚がただれてしまうのだ。「床《とこ》ずれ」などと言われるが、実際はそれほど生易しいものではない。健常者は、無意識のうちに体を動かしてそれを防ぐのだが、下半身が動かない鮎川には難しいことだ。

「脊髄を損傷してると、感覚が麻痺してるから……本人が気づかないうちに傷がひどくなって、高熱を出すこともあるって」

そう言うと、渡辺は、小さなため息をついて続けた。

「あいつ、コンペの締め切りが近いし、相当無理してたんじゃないかな。鮎川なしで明日までにデザインパースを仕上げるのは無理だから、パースなしで出そうと思う。選考対象にはならないかもしれないけど」

——そんな。先輩、あんなに頑張っていたのに。

再び血の気が引いていき、視界が暗くなる。つぐみはとっさに膝の上の手のひらを力一杯握りしめた。

鮎川の、えぐれた肉を見て、やっと気がついた。

――私、先輩のこと、なんにも分かってない。

つぐみは小刻みに震える両手を懸命に見つめた。

鮎川は抗生剤を投与され、そのまま入院することになった。

「失礼します」

ようやく病室に入ることを許され、つぐみはおずおずと、足を踏み入れた。

鮎川は、ベッドの上でうつぶせになって、デザインパースを描いている。そのこめかみには、汗がつたっていた。

「先輩」

無理しないでください、という言葉をぐっと呑み込んで、つぐみは立ち尽くした。

体は悲鳴をあげているのに、それでも、コンペに勝つために、仕事を続けようとする鮎川に、かけるべき言葉が見つからない。

「鮎川さん!?」

手当てに入ってきた看護師が、血相を変えて、鮎川に詰め寄った。

「何してるんですか！」

「描かなきゃ、ならないんです」

鮎川は、必死に手を動かし続けながら、しぼりだすように言った。

「でも、熱もまだ下がってないのに、無茶ですよ」

「やらせてください。これがないと、みんなの努力が無駄になるんです！」

「でも、とにかく今は安静が必要です」

鮎川が表情を強張らせた。

でも、そこに強い決意がにじんでいるのがわかる。絶対コンペに勝って、プランを実現させるんだと。

その目には、コンペのためのデザインパースしか見えていない。

たまらなくなって、つぐみは口を挟んだ。

「あの、私からもお願いします！」

看護師に向かって、思い切り頭を下げる。

鮎川が、初めて手を止めて、つぐみの方を見た。

「お願いします、やらせてください。私も付き添います。無理はさせません。お願いします」

渋る看護師に、つぐみは何度も何度も頭を下げ、ようやく許可をもらえた。ただし『絶対に無理をしない』という約束つきで。

鮎川はうつぶせのまま、上体を反らしてパースを描き続けた。つぐみも、大きな画板を支えたり、鮎川の額の汗をぬぐったりしながら、できる限りの手伝いをした。

うつぶせか横向きにしかなれない状態で、四十度近い熱があるのに、鮎川は休みなく描き続けた。どんどん息が荒くなっていき、時折咳き込んでは苦渋の表情を浮かべながら、それでも描くことをやめようとしない。

つぐみはそばにいながら、鮎川の苦しみをやわらげてあげることができないのが、心底つらかった。

鮎川は定期的に看護師に傷口の洗浄をしてもらわなければならず、その間、つぐみは廊下に出て、終わるのを待った。洗浄を終え出て来た看護師と入れ違いに部屋に入ると、鮎川はすでにパースに向かって、一秒でも無駄にできないとばかり、手を動かしていた。

鮎川の横顔に伝う玉の汗を見つめていると、もう休んでください、なんて言えなかった。

絶対に無理をしないって看護師さんと約束したけど——無理をしなきゃ、終わらない。


作業を始めて、二日目の夜に、ようやくスケッチは仕上がった。

あとは、着色。ベッドサイドに絵の具や水の入ったバケツを置いて、デザインパースに色をつけていく作業だ。

ベッドに寝そべりながら体を起こし、絵筆を取って、街路樹に緑の色をのせた鮎川は、いきなり体のバランスを崩してベッドの上に肩をついた。

「先輩！」

無理もない。昨日から、ほとんど寝ずに作業しているのだ。

「先輩お願い、もう無理しないでください」

鮎川の肩を支えながら、とうとうつぐみは喘いだ。

「もう十分……また次、頑張ればいいじゃないですか」

「次じゃ、ダメなんだ」

かすれた声で答えると、鮎川は力を込めて絵筆を握り直す。

「次があるかもわからないのに……今、今やらなきゃダメなんだよ！」

鮎川は凄まじい形相で叫ぶと、苦しそうに肩で息をした。

本当に、無理してほしくない。

だけど、鮎川の迷いのない気持ちを知り、つぐみは黙ってその気持ちに寄り添うことにした。

どうして、先輩は昔と変わらないなんて、安易に思ったりしたんだろう。

障がいを抱えて生きるのは、こんなに重くて、つらくて、苦しいことなのに。

先輩は、今までどれほど、悔しい思いをしてきたんだろう。

どれほど闘ってきたんだろう。

――ここで今、私は何をすべきなんだろう。

「私にやらせてくれませんか？」

つぐみは勢い込んで、鮎川の顔をのぞきこんだ。

「仕上げの着色。私に塗らせてくれませんか」

鮎川が、ぴたりと色を塗る手を止めて、顔を上げた。

その驚いた目を見ると、出過ぎたことを言ってしまったと後悔が首をもたげた。

「なんて無理ですよね。私が塗って、台無しになったら」

「俺、見に行ったよ、展覧会」

鮎川が、表情をやわらげて、ゆっくりと言った。

「体育館と桜の絵。今でもはっきり思い出せる」

え、とつぐみは口の中でつぶやいた。

わざわざつぐみの絵を見に出かけたわけではないだろう。それでも嬉しかった。

桜の木も、体育館も、鮎川をイメージしたモチーフだ。その絵を、ほかならぬ鮎川が、見てくれていたなんて——。

「川奈が塗って」

そう言って、鮎川は、疲労のにじんだ顔で微笑んだ。

「台無しになんか、なりっこない……俺、川奈の絵、好きだった」

好き、という言葉に反応して、つぐみの心臓はどきんと音を立てた。

「はい」

と、鮎川がゆらりと絵筆を差し出す。逞しい腕には、もうほとんど力が残っていないように見えた。

――本当に、私でいいのかな。

つぐみはためらいながらも、そっと手を伸ばして、絵筆を受け取った。指先が、かすかに触れ合う。

鮎川の手は、驚くほど熱かった。


つぐみは、鮎川のベッドの隣に、腰を下ろした。

床に直接座り、伸ばした膝のうえに画板を立てかけて、着色作業を進める。

「このパネル、何色にしますか？　アップルグリーンとか？」

「そうだな」

鮎川に逐一相談しながら、つぐみは、デザインパースに色をのせていった。

絵筆を握るのは、ずいぶん久しぶりだ。

「川奈が絵を描いてるの見るの、高校以来」

「え、見てたんですか？」

つぐみが、目を丸くする。

——先輩、私のことなんか気にしてないと思ってたのに。

「川奈、桜の木の下で、いつも絵描いてたからな」

「あの絵、本当は」

先輩のことを想いながら描いたんです、と言おうか迷って、やめた。自分の顔が赤くなるのがわかる。

「なに？」

鮎川がきょとんとして、つぐみの方を見る。

「やっぱり内緒です」

つぐみははぐらかして、視線を絵に戻した。

高校の頃のつぐみの夢は、イラストレーターになることだった。その夢は叶わなかったけど、でも今、こうして絵を描くことで、鮎川の役に立てているのが、ほこらしい。

先輩と過ごすこの時間が、とても愛おしかった。

時を忘れて描き続けた。

先輩の想いに色をつけていくようで嬉しかった。

そして、夜が明けて、窓の外が明るくなり始めるころ――ようやく、着色作業は完成した。

「できた」

つぐみは筆を置くと、すぐ隣にいる鮎川の方を見た。

鮎川は力尽きたように目を閉じ、小さく口を開けて眠っている。その寝顔にしばし引き込まれて、目が釘《くぎ》づけになった。

つぐみは、顔の横に置かれた鮎川の手に、そっと自分の手を重ねた。

骨ばった大きな手。小指のつけねから手首にかけて、濃い鉛筆の炭で真っ黒になっている。

再会した、大切な初恋の人。

こうして一緒にいるだけで、あの時伝えられなかった思いが溢れてくる。

——車イスに乗る先輩に、私は今、再び恋をしている。

鮎川が必死の思いで仕上げたデザインパースは、完成済みだった図面と模型とともに、無事にコンペに提出された。

褥瘡《じょくそう》の経過は良好で、鮎川はほどなく退院すると、早くもコンペで発表するプレゼンの準備を始めたという。

ついにコンペ当日がやってきた。

つぐみは清水と一緒に会場でその様子を見つめた。大勢のクライアントを前に、自分たちの企画を堂々と説明し、懸けた想いを熱く語る鮎川の姿は、いきいきと輝いて見えた。

のちに発表されたコンペの結果は、惜しくも――佳作。グランプリには届かなかったものの、「若い世代が考える未来の建築デザイン」と雑誌やウェブで大きく取り上げられ、予想以上の反響を呼んだ。

そして、評判を聞きつけたとある施工会社が、飲食店のリノベーション担当として鮎川を指名してくれたことで新たなプロジェクトが動き出し、つぐみも、インテリア担当として新プロジェクトに参加できることになった。

ＧＨ建築事務所の会議室で、つぐみは鮎川と渡辺、清水とともにクライアントとミーティングをしていた。

デスクの上には、鮎川のデザインが佳作を受賞したときの記事が広げて置いてある。あの日病室でつぐみが塗ったデザインパースも、一緒に載っていた。もちろん着色を手伝ったことは、誰にも言っていない。

「鮎川さんのコンペ作品、素晴らしかったです。私個人としては一番よいと感じました」

クライアントの一人が、記事を見ながら言う。

「これが佳作なんて納得できないですよ」

「私もそう思います！」

もう一人のクライアントも力強く同意する。

「グランプリは逃しましたが、それが縁でこうして御社とご一緒出来てるわけですから、ありがたいです」

渡辺が、おだやかに言う。

「御社には期待してますので。よろしくお願いします」

二人のクライアントが、そろって会釈する。

こちらこそ、とつぐみたちも頭を下げた。

鮎川が魂を込めて完成させたコンペ作品を褒められた嬉しさがあとを引いて、つぐみはふと、鮎川の方を見た。鮎川も、つぐみと同じタイミングで顔を向けたので、自然と顔を見合わせる形になる。

二人はどちらからともなく、目を細めて微笑みあった。


一緒に仕事をし始めてから、つぐみは鮎川と、休みの日に二人で出かけるようになった。

映画や演劇を観に行ったり、カフェでお茶をしたり、二人でごはんを食べたり。

昔、あれほど恋焦《こ》がれた人と一緒に出かけているのだと思うと、つぐみはときどき、不思議な気持ちになった。

——高校時代の私が知ったら、どう思うかな。

あの頃は、鮎川と休日に二人で過ごすなんて、ありえないことだった。

鮎川には、恋人がいたからだ。

すらりと背の高い、テニス部のキャプテンだった。くっきりした目鼻立ちが印象的な学年イチの美人だ。

鮎川が彼女と一緒に登下校する様子を、つぐみは何度か見かけたことがある。

楽しそうに雑談しながら、肩を並べて歩く二人はまるで芸能人同士のようで、ものすごく絵になった。

そんな二人の間に、割って入る隙なんてあるはずがなくて。

高校生のつぐみは、いつもため息まじりに、遠くから鮎川の姿を眺めていたのだった。

ある日の週末。

つぐみは鮎川と美術館に出かけた。学生時代から大好きだったフェルメールの絵画が来日していることを知って、つぐみが鮎川を誘ったのだ。

早い時間だったこともあって館内はすいていて、落ち着いて絵を鑑賞することができた。

一通り観終わって、展示室からホールへと出てくる。ホールの中央には大きなソファが置かれていた。ソファと壁との間の狭いスペースの真ん中で、子供たちが絵本を広げて遊んでいた。

子供たちが邪魔で、車イスが通ることができない。母親たちは、ソファに座っておしゃべりに夢中になっていて、鮎川が困っていることに気がついていないようだった。

「ちょっとあけてくれるかな。通るから危ないよ」

つぐみは駆け寄って、子供たちに声をかけた。

しかし、子供たちは絵本に夢中で、つぐみの声に気づかない。

「すみません」

つぐみはソファに座った母親たちに顔を向けた。一人がようやく気がついて、子供たちに声をかける。

「ほら、そこは遊ぶとこじゃないでしょ！　おいで！」

子供たちが立ち上がり、母親のもとへと駆けていく。

ようやくスペースがあいて、車イスが通れるようになった。

母親に会釈を返して、通り過ぎようとする鮎川の背中を、子供の一人が指さした。

「あの人、足、どうかしたの？」

遠慮のない物言いに、つぐみは内心ひやりとした。

ちらりと隣に目をやるが、鮎川は表情を変えず平然としている。

一緒に出かけるようになってから、つぐみは、鮎川に向けられる無遠慮な態度をひしひしと感じていた。

でも、鮎川と再会する前の自分も、もしかしたら同じだったかもしれない。

こんなふうに平然としていられるようになるまで、鮎川はいったい、どれほどの視線を浴びてきたのだろう。

　仕事の時だけでなく、日常ですら、鮎川は闘っているように見える。強い人だと、つくづく思わずにはいられない。


　美術館の外に出たつぐみと鮎川は、併設されているカフェテラスで休憩をすることにした。

　鮎川はフルーツタルトとアイスコーヒー、つぐみはチーズケーキとカフェオレを注文する。甘いものを食べながら、印象に残った絵や好きな画家の話など、とりとめもない雑談を交わした。

「今日は付き合ってくれてありがとうございました。フェルメール、観たかったんです」

　ケーキを口に運びながら、つぐみは鮎川にお礼を言った。

「俺はいいけど、川奈は俺と出かけるの面倒だろ。さっさと彼氏でも作って、そいつと行けよ」

「先輩こそ……もう恋愛しないって言ってたけど、本気ですか？」

「しないよ。実際大変だし。高校の時から付き合ってた彼女とも、事故後に別れたし」

「もしかして、雪村美姫《ゆきむらみき》先輩？」

つぐみが聞くと、鮎川は目を丸くした。

「よく覚えてんな」

「覚えてますよ」

うらやましかったから、とは言わないでおく。

――そっか。美姫先輩と、別れちゃったんだ。

つぐみは手元のケーキに視線を落とした。

鮎川に恋人がいないのは、良いニュースのはずなのに、なんだか寂しさを感じてしまう。事故後に別れるなんて、周囲の助けを必要としている鮎川を見捨てたみたいだ。

俺と出かけるの面倒だろ、なんて、そんなこと言わないでほしい。

――私はこんなに楽しいのに。

「大変なことも、一緒に乗り越えようっていう人だって、いるんじゃないかな」

つぐみが言うと、鮎川はうーん、と首をひねった。

「でも俺、たまに漏《も》らすことあるよ」

「漏らす!?　好きになったら漏らすくらい平気ですよ！」

勢いよく叫んだつぐみの声に、周りの人たちが一斉に視線をよこす。

苦笑いしながら鮎川は、しーっと唇に指をあてた。

「川奈、声でかすぎ」

はっとして、つぐみは首をすくめて小さくなる。

鮎川が声をひそめて続けた。

「排泄《はいせつ》障がいって言って、どうしようもないんだ。でも一生そんなことが続いていく。わざわざ俺を選ぶ必要はないよ」

顔色一つ変えずに言うと、鮎川は再びケーキを口に運び始めた。

――そんなふうに、言わないで。

心の中で強く思いつつも、言葉には出せず、つぐみはきゅっとフォークを握りしめた。

美術館に出かけた日の、翌週のことだった。

つぐみと鮎川が通っていた長野県立明葉《めいよう》高校の、東京合同同窓会があった。地元の同窓会に参加するのが難しい都内在住者のために、数年に一度、東京で開かれる三学年合同の同窓会だ。前回は迷ったあげく合同同窓会を欠席したつぐみにとっては、今回が初参加になる。

会場となった品川のホテルには、鮎川と待ち合わせて向かうことにした。

「なんか、ドキドキしますね。こういうの、ちょっと恥ずかしくて。よかった、先輩と一緒で」

宴会場の入り口付近では、少し着飾った男女が落ち着かない様子で周囲を観察している。

鮎川も、ふっと息を吐いて小さく肩をすぼめた。

「今回はバスケ部の金本《かなもと》が幹事だからさ、参加しろってしつこくてさ」

二人は受付けを済ませ、きらびやかな会場に入った。

「おお、思ったより人いるな」

「ほんとですね」

すぐに周囲の目が、車イスの鮎川に集まった。鮎川はそんなことには慣れた様子で、スイスイと会場を移動する。

「鮎川！　久しぶりじゃん！」

「元気そうだなー！」

上背《うわぜい》のあるバスケ部の男子たちが、笑顔で鮎川を取り囲む。

「うぃっす！　なんとかやってるぞ」

鮎川は何人かと手荒なハイタッチを交わした。

昔、こっそり鮎川の練習を見に行っていたつぐみの目には、バスケ部のハイタッチが懐かしい。

人気者の鮎川は、バスケ部員に囲まれて質問攻めにあっている。みな車イスのことを気にする様子は欠片《かけら》もない。

「今、建築士やってるんだって？」

「そうなんだ。事務所で勉強させてもらってる」

「ってか、一級建築士なんだろ？　すごい難しい試験、パスしないとなれないやつだよな」

「さすが鮎川。お前、頭よかったもんな」

「いや、まだ駆け出しで、仕事もらうだけで精一杯だよ。それより田宮《たみや》、意外とスーツ、似合ってるな」

「このユニフォームじゃバスケはできないけどな」

鮎川の弾む声を聞きながら、つぐみも自然と笑みがこぼれる。

男子集団の脇で様子を見守っていると、同じクラスだった由佳里《ゆかり》と美枝《みえ》が向こうから手を振りながらやってきた。

「つぐみ、久しぶり〜！」

「元気にしてた？」

懐かしい二人に再会して、一気につぐみの気持ちが和んだ。

「ゆーちゃんと美枝！　会えてうれしい〜！」

美枝がつぐみの顔をまじまじと見てから、きゅっと口角を上げた。

「つぐみ、なんかキレイになったね」

「あ、分かる。いきなりですけど、いい人いるのー？」

二人は顔を見合わせてニヤリとする。

「え？　いやいや。相変わらずだよ」

女友だちのするどい突っ込みに内心ドキッとしたが、

「今、インテリアの仕事がすごく楽しくて」

自然とそんな言葉が口をついて出た。それから互いの近況報告や同級生の結婚話で盛り上がったが、つぐみは鮎川のことには触れなかった。

ふいに甘い香水の香りがした。つぐみの目の前を、すらりとした女性が通り過ぎていく。

その整った横顔は――雪村美姫だった。鮎川の元カノだ。

心臓がドクンと鳴った。鮎川は、もしかしたら今日、美姫に会うために来たのかもしれないと今頃になって思う。つぐみが美姫を目で追っていると、美姫はバスケ部OBたちの方に向かい、その輪の中に声をかけた。

男子たちが遠慮がちに一歩下がる。輪の中から鮎川が現れ、顎《あご》で「こっちだ」というように美姫とアイコンタクトを取った。美姫はこくりと頷き、二人は会場の隅に移動していく。

つぐみは二人の方にチラチラと視線を送り続けた。鮎川と美姫はどんな表情で、どんな話をしているのだろう。もう別れたはずだけど、元恋人どうしの二人の間には、何かまだ親密なものが流れているようにも見えた。

こんなところで嫉妬《しっと》を覚えている自分が嫌だった。せっかく旧交を温めるために同窓会に来たのに、目の前にいる由佳里や美枝とのお喋りは上の空だ。

「つぐみ、ぼーっとしてる？」

美枝に顔を覗き込まれて、目をしばたたく。

「ごめん！　私……」

「その天然さは昔から全然変わってないね。お皿空っぽだよ。お料理、取りに行ってきたら？」

「う、うん！」

由佳里に促《うなが》され、つぐみは料理がずらりと並ぶテーブルに足をむけた。

「もしかして、川奈？」

シーザーサラダを取り分けていると、背中から聞き覚えのある声がした。振り返ると、細いニットタイをした眼鏡男子がニカッと笑った。

「よ、久しぶり！」

「……チビザル!?」

懐かしさのあまり、つぐみは思わず高校の頃のあだ名で呼んだが、

「いきなり、ひっでーな」

と眼鏡男子を苦笑させてしまったので、慌てて謝った。

「ごめん、ごめん。是枝《これえだ》くん！」

是枝洋貴《ひろたか》――人を笑わせるのが好きな、クラスのお調子者。好きな漫画やテレビドラマの話で場を盛り上げる、ムードメーカーだった。

「是枝くんも、今、こっちで働いてるの？　忙しい？」

「うん。俺、川崎のインターネット系の会社でシステムエンジニアやってるんだ。納期間近になると、めちゃ大変になるよ」

「頑張ってるんだね」

フンと鼻を鳴らして、是枝は「まあね」と口角を上げた。

もうみんな立派な社会人なのだ。田舎で一緒だったクラスメイトの成長した姿は、

なんだか眩《まぶ》しい。高校時代と比べるとだいぶあか抜けた是枝は、おしゃれな眼鏡が様になっている。

「川奈も東京なんだ？」

「うん。今、こっちのインテリアデザインの会社で働いてて」

「お前、絵がうまかったもんな。デザインとか向いてそう。会社、どの辺にあるの？」

つぐみが答えようとしたとき、是枝の後方から車イスをこいで来た鮎川と目が合った。

「川奈、ちょっと外行ってくる」

「あ、はい」

鮎川の隣には、美姫が伏し目がちに佇《たたず》んでいる。鮎川が美姫を見上げて頷くと、二人は一緒に会場を出ていった。

「あれって、鮎川先輩だよな」

是枝が、鮎川の後ろ姿に目を見張りながら小声で聞いた。

「うん、事故でね」

「そうなんだ」

少し離れた場所でかたまっている女子グループが、こちらを見ながら小声で喋っているのに気づいた。

周りのみんなが、会場から鮎川がいなくなった途端、声を潜《ひそ》めて彼の噂話をし始めたように見える。

しかし是枝は眉間に皺を寄せて口元を引き結ぶと、それ以上は聞かず、しばし考え込むように黙ってから、つぐみに顔を向けた。

「川奈、もしかして鮎川先輩と付き合ってる？」

「ううん。最近、仕事で一緒になって……鮎川先輩は建築事務所で働いてるんだけど、私はインテリア関係だから、偶然同じプロジェクトに参加することになったの。だから時々、仕事帰りにごはん行ったりとか」

つぐみは弁解するように早口になった。

「へぇ」

是枝はつぐみをしげしげと見つめたが、つぐみは鮎川と美姫のことが気になって、二人が出て行ったドアの方に視線を向けた。

もう別れたはずの二人が、人目を避けて、何を話すんだろう？

気にしないようにしようと思うほど、頭の中がいっぱいになってしまう。


「是枝くん、ごめん、ちょっとお手洗いに行ってくるね」

矢も楯《たて》もたまらず、つぐみは思い切って会場を出ると、トイレを探すふりをしながら、二人の影を追った。見に行っても仕方がないと分かっていながら、じっとしていられない。

二人はロビーにいた。全面ガラス張りになった窓から、無言で外の庭を見渡している。

「きれいな庭だな。緑が人の心に与えるプラスの影響って、どれほどだろうと思うよ」

鮎川が目を細めて微笑むも、美姫の表情は硬いままだ。

つぐみは息をのんで、柱の陰から二人を見守った。

「今日、樹に会えたら話そうと思っていたことがあって」

美姫のうわずった声が聞こえ、つぐみは耳を澄ました。

このまま会話を立ち聞きしてしまうのは申し訳ない気もしたが、ここまで来てしまったらもう下手に動けない。

「……私ね、結婚するの」

――結婚!?　美姫先輩が!?

つぐみは息を殺して二人を見つめた。

「ホッとした……?」

美姫がわずかに声を震わせて言ってから、ちらりと鮎川の反応を窺う。

「いや別に。俺にはもう関係ないしな」

外の庭を見つめながら、鮎川は穏やかな表情を崩さない。冷たい言葉のように聞こえるが、その横顔はどこか吹っ切れている。

「そうだよね」

むしろ美姫の方が、困ったように視線を足元に落とした。

「でも、樹にだって、幸せになる権利はあるんだよ」

鮎川は、何も言わない。美姫の方を見ようともしない。

二人の間に長い沈黙が流れていく。鮎川はずっと外を眺めたままだ。

――先輩、今なにを考えているの？

鮎川が内心深く傷ついているのではないかと、心配が募る。

沈黙に耐えきれなくなったのか美姫はあきらめたように小さく息をつくと、

「元気でね」

そう一言だけ告げ、鮎川を残してホテルのエントランスの方へ早足で歩いていった。

え――？

つぐみは、とっさに美姫を追いかけていた。

「美姫先輩！」

ホテル正面のロータリーに出たところで、つぐみは美姫を呼び止めた。美姫は目を丸くして振り返った。

「あなた、確か図書委員の」

「川奈です」

「覚えてる。樹が建築の本を借りに図書室に行ったとき、受付けしてくれたよね」

「あの、結婚されるんですね……ごめんなさい、さっき聞こえてしまって」

美姫はふっと苦笑する。

「ひどい女だと思うでしょ？」

「いや、そんな。おめでとうございます」

つぐみはぎこちなく頭を下げた。美姫は気を悪くしたような様子も見せず、小さく首を振る。

「いいの。みんな、私が樹を振ったって思ってるんだよね。でもね、振られたのは、私の方」

つぐみははっとした。美姫の口調には、後悔がにじんでいた。

「事故の後も、私は彼と離れるなんて考えられなかった。絶対支えてあげるんだって。でも家族には大反対された。それにだんだん、耐えられなくなっていった。車イスの樹とどこへ行っても視線を浴びる。冷たい扱いや、憐みのまなざし。私が障がいを乗り越えることが、できなかったの」

つぐみは視線を落として頷いた。美姫の言いたいことが、痛いほどよく分かったからだ。

切ない表情で美姫は遠くを見つめた。

「そんな私に気づいて、樹は私を冷たく突き放した。でも私には分かってた、それが彼の精一杯の優しさだって。さっきの態度だって、私のためだって分かってる」

美姫は言葉を切ると顔をゆがめた。

「やっぱり、来るべきじゃなかった。私は苦しんでいる樹を、さらに傷つけた人間なの。私が弱かったから」

かける言葉が見つからず、つぐみは黙って、立ち尽くした。

美姫は、鮎川を支えられなかったことを後悔している。

そして鮎川は、美姫に心を閉ざしたまま関係を終わりにしようとしている。

それでは、きっと先輩も後悔する。

——本当は今日、美姫先輩に、伝えたいことがあったんじゃないのかな。

つぐみは複雑な気持ちのままロビーに戻った。鮎川はさっきと同じ姿勢で固まってしまったように、外を見つめている。頭の中は美姫のことでいっぱいなのだろう。

一人佇むその横顔は虚《うつ》ろで、後悔がにじんでいるような気がした。

——やっぱり、このままでいいわけない。

つぐみは、再び美姫の後を追いかけて、ホテルの外へと走った。

翌週末、つぐみは「行きたいところがある」と言って鮎川をドライブに誘った。

東京の道を走るのは少し緊張する。つぐみは近所で借りたコンパクトカーのハンドルを握ると、車を慎重に加速させた。

「川奈って運転できるんだな」

助手席に座った鮎川が、冗談めかして言う。車イスは後部座席に折り畳んであった。

「ナビとバックモニターさえあれば余裕です」

「それ余裕って言わないだろ！」

正直、ナビがないと都内の道は全然分からず、車庫入れはモニターを見ながらでないと自信がない。それでもつぐみは鮎川に心配をかけたくなくて、

「ぜんぜん余裕ですよ！」

と笑って返した。鮎川が小さく首をすくめる。

「なんか怖いな～」

「大丈夫ですってば」

ははは、と鮎川は目尻に皺をよせて笑いながら、窓の外に目をやる。外は晴れ渡り、やさしい光が車内に降り注いでいた。

「で、川奈の行きたいところって、どこ?」

「まだ秘密です」

「ふーん、秘密ね」

鮎川がにんまりと頷く。

安全運転でゆっくり三十分ほど走り、武蔵野市外れにある目的地まで無事到着した。

「着きましたよ!」

鮎川は、シートベルトを外しながら、訝しげに駐車場の外の様子を窺う。

「ここって?」

ドライブの目的地は、聖ジャンセン教会——こぢんまりとしたチャペルだ。天高く伸びた尖塔は、赤茶色の屋根瓦が青空によく映えている。絵はがきのような風景に、つぐみは思わず目を細めた。

ここで今日、美姫が結婚式をあげる予定なのだ。

「美姫先輩の、挙式場です」

小さく深呼吸してからつぐみが言うと、鮎川の顔が急に強張った。

シートベルトを締め直すと、真っ直ぐ前を向いて「帰るぞ」と短く言う。

「帰りません。降りますよ」

「余計なことすんなって」

鮎川は少し気色《けしき》ばんだが、つぐみは頑として首を振った。同窓会の日、つぐみはホテルを出た美姫の後を追いかけて、挙式の時間と場所を聞いた。美姫が、ためらいながらも教えてくれたのは、心のどこかで鮎川に来てもらいたいと期待したからだ。

つぐみは運転席から外に出ると、車イスを出して手際よく広げた。

「このままじゃダメです。お祝いしてあげてください。美姫先輩のためだけじゃない……鮎川先輩のためにも」

つぐみは、必死に訴えた。まるで自分のことのように、懸命に。

このまま二人が会わなかったら、楽しかった思い出まで歪み、台無しになってしまう。誰もが羨むお似合いのカップルだったのに。そんなの、絶対にだめ……！

鮎川は、観念したように小さなため息を一つつくと、もう一度シートベルトを外した。


教会の入り口前の階段の下には、新郎新婦を出迎えるゲストの人垣が出来ている。

つぐみと鮎川は、人垣から少し離れた茂みの辺りで、ひっそりと主役の登場を待った。

自分で連れてきておきながら、鮎川がどんな反応をみせるのか想像すると、胸がきゅっとなる。鮎川も緊張しているらしく、車イスのタイヤをきつく握りしめている。

やがてチャペルの鐘が鳴り響き、教会の扉が開いた。盛大な音楽に包まれながら、純白のウェディングドレス姿の美姫が、タキシードの男性と手を組んで、階段をゆっくりと降りて来る。

「わぁ」

つぐみは思わずつま先立ちになると、息をのんで頬を紅潮させた。

美姫先輩、すっごくきれい！

「おめでとー！」

ゲストから一斉に歓声があがり、フラワーシャワーがふりそそぐ。色とりどりの花びらに彩られた美姫が、くすぐったそうに目を細める。

できる限り一人一人のゲストに視線を送り、感謝の言葉を口にしながら美姫が階段を降りていく。幸せいっぱいの花嫁は温かい祝福に包まれていた。

ふと人垣の間から美姫がこちらに目を向けた。その表情がかすかに強張り、歩みが止まる。

そんな美姫の動揺を打ち消すように、鮎川は優しく微笑んで、軽く片手をあげてみせた。

そして、声には出さずに、ゆっくりと口を動かした。――おめでとう、と。

美姫が、切なそうに目を潤ませる。ぽろりと一粒の涙が頬を伝っていく。

「よかった」

鮎川は満ち足りた笑顔で満足そうにつぶやいた。

「あいつが幸せになってくれて、ほっとした」

事故にさえあわなければ――美姫を幸せにしてやるのは、自分だと思ったこともあったろう。

昔の恋人の花嫁姿を前にして複雑な思いもあるだろうに、鮎川は穏やかに微笑して、心から美姫を祝福しているように見えた。

すぐに美姫は多くのゲストに囲まれて、見えなくなってしまった。

「川奈、連れて来てくれてありがとう。ちょっとしたサプライズだったけど、すごく感謝してる」

鮎川が礼儀正しく頭を下げたので、つぐみは満面の笑みで応えることにした。

「はい！」

立ち入ったことをしてしまったのかもしれない。だけど少なくとも、二人が傷つけあったまま、中途半端な形で終わりを迎えずに済んだのなら、つぐみも少しは役に立ったろうか。

人垣の上に、ぽんとブーケが舞い上がった。女性ゲストたちが、ブーケに一斉に手を伸ばすのを目の端に入れながら、つぐみと鮎川は人知れず教会を後にした。

週末の土曜日の朝。

つぐみは、鮎川が参加している車イスバスケットボールの練習試合を見に来ていた。

会場の市民体育館は東京都の外れにあり、電車とバスを乗り継いで行った。

車イスバスケは、床にタイヤの痕《あと》がついたり、転倒して傷をつけたりしてしまうことが多い。そのため、貸してくれる体育館を見つけるのが、なかなか大変らしい。

「速攻、速攻！」

「早く、早く、早く！」

選手たちは声をかけあい、汗を散らしながら、タイヤをこいでボールを巧みに運んでいる。

車イスバスケのルールは、健常者によるバスケのルールとほとんど変わりない。唯一ちがうのは、ダブルドリブルがないこと。その代わり、一回のドリブルで三回以上タイヤを操作すると、トラベリングとみなされる。

試合の様子を見守りながら、つぐみは、高校の時に見に行ったバスケ部の試合を思い出していた。

鮎川がキャプテンを務める明葉高校バスケ部が、初の県ベスト4に進んで、学校中が盛り上がっていた。迎えた準決勝の試合は大敗だったけれど、鮎川は最後までゴールに向かい続けていた。

あの頃から、決してあきらめない、強い人だった。

——障がいを負っても建築士になれたのは、あの鮎川先輩だからなんだろうな。

「樹！」

「はい！」

鮎川にパスがまわった。ボールを投げたのは、少し年上の選手、吉岡俊治《よしおかとしはる》さんだ。車イス歴は鮎川よりずっと長く、車イスバスケのベテランでもある。

鮎川はゴールの手前で車イスを止めると、背筋を伸ばし、手首のスナップをきかせてボールを放った。

バスケットボールが、ゴールリングの内側へと吸い込まれていく。

「わあ！」

先輩、またシュート決めちゃった！

つぐみは、ぱちぱちと拍手をした。

投げたボールを追う目つきは、昔と変わらない。高校時代に体育館で見た、あのころの鮎川の目と一緒だ。

やがて、試合終了のホイッスルが鳴り、鮎川のチームは接戦を制した。

選手たちが、お互いに礼をして、握手を交わしあう。

「先輩、おつかれさまです」

つぐみは、鮎川に、タオルとスポーツドリンクを差し出した。

隣では吉岡が、応援に来ていた由美子《ゆみこ》夫人に労われている。

「勝てて良かったね！　今日調子良かったじゃない。普段よりパスが正確だったよ」

「え？　いつもだろ、いつも」

「よく言うわよ。こないだは、ボールが悪いって家でブツブツ言ってたじゃない」

「そうだっけ？」

軽口をたたきあう夫婦の姿を、つぐみは憧れに似た眼差《まなざ》しで見つめた。二人が共に生きて行くことを決意し、結婚するまでの道のりは、決して簡単なものではなかったはずだ。夫婦生活を続ける中でも、いろいろな困難に襲われることもあるだろう。

なのに、どうしたらあんなふうに、自然体でいられるのだろう。

車イスの人に気遣うべきことを、少しは分かってきたつもりだった。

でも、知れば知るほど、怖くなる。

自分に鮎川の心と体のケアなどできるのだろうか。先輩に対して、つい遠慮してしまうのは、サポートする立場である自分に、自信が持てないからかもしれない。


試合を終え、鮎川とつぐみは、カフェスペースで休憩をとった。

「先輩、あいかわらず、バスケ上手ですね」

「やっと慣れてきたとこだよ。最初のうちは、ゴールが遠くてびっくりした」

とりとめもない話をしていると、鮎川がふいに「ん？」と首を傾げた。

「どうしたんですか？」

「聞こえない？　鳴いてる」

きょとんと首を傾げたつぐみに、鮎川は「猫」と短く告げた。

ねこ？

耳をすませると、確かに、かすかな鳴き声がする。声のする方角をたどると、カフエスペースを囲う茂みの下に、小さな段ボール箱が置いてあった。

中をのぞくと、茶トラ模様の子ネコが、丸くなっている。

「捨てられちゃったのかな」

つぐみは、子ネコを抱きあげた。

子ネコは、ミャアミャアと鳴きながら、つぐみの手のひらにぎゅっとしがみついてくる。

鮎川は、車イスのドリンクホルダーから水が入ったペットボトルを引き抜くと、掌《てのひら》をくぼませ、そこに水を溜めた。そっと車イスを寄せると、腰をかがめて子ネコの口元に手を伸ばす。子ネコは小さな舌を出して、水をぺろぺろと舐め始めた。

「かわい〜」

たまらず、つぐみはため息まじりでつぶやく。

「よし！　飼い主が見つかるまで、俺ん家《ち》くるか？」

子ネコが細い声で鳴き、コクリと頷いたように見えた。

「こいつ、返事した。今の、オーケーってことだろ」

鮎川が笑みをこぼしながら、つぐみを見上げた。こんなに鮎川がネコに弱いとは知らなかった。また一つ、鮎川の意外な一面を垣間見られて、気持ちがほころぶ。

「ほんと優しいですね、先輩は」

ちょこんと行儀よく座るネコの頭を優しく撫でながら、つぐみは言った。

「これくらいなら、一人暮らしの俺でもなんとかなるってこと」

「私も協力しますね」

子供のころ、家族でネコを飼っていたから、多少は育て方を知っている。

エサとか砂場とか、必要なものを買いに行って。その前に動物病院に連れていったほうがいい。

「ミャア」

上目遣いに丸い目をクリクリさせて子ネコが鳴いた。

「よしよし～」

鮎川がさっと子ネコを抱き上げて大きな掌に乗せる。ネコは背を丸めて首を下げ、フワフワの毛玉のようになった。

車イスバスケをして、子ネコを連れて帰って——鮎川はその日、とても元気そうに見えた。

だから週明けの月曜日に鮎川が入院したと知らされて、つぐみは驚き、ひどく動揺した。

「日曜日に高熱が出て、医者に行ったらすぐ入院することになったって。褥瘡の時ほどひどくはないけど、尿路《にょうろ》感染症のようだから大事を取るらしい」

GH建築事務所に色見本を届けに行ったつぐみに、渡辺がそう教えてくれた。脊髄を損傷すると、さまざまな合併症《がっぺいしょう》に悩まされるのだ。鮎川は普段、尿道カテーテルを使って排尿している。このときカテーテルから尿道や膀胱《ぼうこう》に病原体や雑菌が入ると、炎症を起こし高熱が出ることがあるのだ。

土曜日に会った時は、あんなに元気だったのに。鮎川に無理をさせてしまっただろうか。変調の兆《きざ》しはなかっただろうかと、必死で思い返す。

「私にも……」

知らせて欲しかった、と言いかけてつぐみは言葉を呑み込んだ。

「心配かけたくなかったんだと思うよ」

渡辺に心中を見透かされていたようだ。つぐみは下唇を噛んだ。

「鮎川、前と同じ相信病院にいるから」

一旦会社に戻ったつぐみは、適当な理由をつけて午後休を取ると、病院に直行した。

エレベーターを待つのももどかしく、階段を駆け上がって受付で教えられた病室へと急ぐ。

「先輩！」

鮎川はベッドの上で体を起こし、ノートパソコンを開いていた。つぐみを見るなり、表情を曇《くも》らせる。

「ナベさんか……？　知らせなくていいって言ったのに」

つぶやく声にも覇気《はき》がなく、顔色がすこぶる悪い。起き上がったりして大丈夫なのだろうか。

不安げなつぐみに向かって、鮎川は「大丈夫だよ」と無理に笑顔を作る。

「ちょっと熱が出て、ついでに検査入院しただけ。明日には退院だから」

「よかった」

つぐみは頷いて微笑んだが、病症は鮎川の口調ほど生易しいものではないだろう。

「あら、樹、お客さま？」

振り向くと、買い物袋を下げた白髪まじりの女性が立っている。

「ああ、川奈。うちの母さん」

つぐみは、あっと目を見開いて、慌てて頭を下げた。

「川奈つぐみです。明葉高校の後輩です。先輩とは東京に来てから……」

「あら、それじゃあ、あなたも松本の出身？」

「はい！」

目尻が鮎川とそっくりな母親は、にこやかな笑みを浮かべた。

「じゃあ一緒に、これどう？」

鮎川の母親が右手に持った買い物袋から出したのは、松本市の和菓子屋、二葉堂《ふたばどう》のカステラだった。地元の人間なら包装紙を見ただけで分かる。

「懐かしい！　子供のころから大好きでした」

「ちょっと待っててや。今切ってくるで」

同郷の自分に気を許してくれたのか、鮎川の母は地元の言葉で言うと、カステラを持って部屋を出ていこうとする。

「いえ、私が切ってきます」

「いいの、いいの。私が」

「いえいえ、私が行きます。お願いします！」

必死でつぐみが懇願すると、母親はおかしそうに目を細めて「じゃあ、ありがとね」とカステラを渡してくれた。

黄色い包装紙にくるまれたカステラを大事に抱えながら、つぐみは部屋を出て静かに扉を締めた。廊下に出てふーっと息を吐き、天を仰ぐ。

まさかこんなところで、先輩のお母さんに会うとは思わなかった。

なにか不用意な振る舞いをしなかったか、記憶を巻き戻しながら、つぐみは今更ながら緊張感に包まれ、扉にもたれかかった。気がつけば強く摑《つか》みすぎて、カステラの箱が潰れそうだ。

ふと病室から二人の声が聞こえてきた。

「よさそうな人じゃないの」

母親の声はどこか弾んでいる。

「高校の後輩だって」

頬が赤くなるのを感じながら、つぐみはカステラの箱を持ち直し、足早に病室を離れた。

給湯室を借りてカステラを切り分ける。久しぶりに地元の名物、二葉堂のカステラを三人で食べられるなんて嬉しい。

いそいそとトレーに載せたカステラを持ち病室に戻ったつぐみは、ドアノブにかけた手を止めた。

「ねえ、樹。やっぱり、田舎に帰ってこない？」

遠慮がちに問いかける、母親の声。

「松本にだって、仕事はあるのよ。実家の近くで暮らしてくれたら、母さんも安心だし」

鮎川の突然の入院を聞いて東京に駆けつけた母親の気持ちを思うと、胸が潰れる思いがした。でも——。

「母さん、俺はただでさえ、いろんなことをあきらめながら生きてる。もしチャンスをもらえるなら、それを絶対にあきらめない。最後までしがみつく覚悟なんだ。無理することになっても、後悔だけはしたくないんだよ」

鮎川が、苛立ちをにじませながらきっぱりと答えた。

「母さんだって、もしものことがあったら、後悔してもしきれないわよ。そんな体のあなたに、東京で一人暮らしさせて。だからお願い、樹」

母親は声を暗くさせた。

「さっきの彼女だって、あなたに何かあったら悲しむんじゃないの？　心配かけることになるわよ」

「川奈はそんなんじゃないよ」

言い捨てるように言った鮎川に、

「じゃあどんななのよ！」

それまで穏やかだった母親が突如、金切り声をあげた。心の底から鮎川を愛し、その身を案じている人間の、怒りにも似た真剣そのものの感情。

つぐみは思わずびくっと肩をすくめ、手に持ったトレーを扉にぶつけた。扉がガタンと音を立て、二人がつぐみに気づいた気配がする。

つぐみはトレーに両手を添えて、おずおずと部屋の中に入った。

「川奈……」

親子の会話を盗み聞きしてしまったようで、申し訳なかった。

「ごめんなさいね。川奈さん、ゆっくりしていってね」

母親が気まずそうに目をそらしながら、足早に病室を出ていった。

鮎川との間に、冷たい沈黙が降りてくる。こんな時、どんな言葉をかければよいのだろう。

つぐみは言葉を探しながら、ベッドに近付いていった。何か言わなければ。

「あの」

「川奈、俺の勘違いかもしれないけど」

鮎川はつぐみを遮るように言った。

「もし川奈が俺のことを、恋愛対象として想ってくれてるんだとしたら、その気持ちには応えられない」

鮎川の目は真剣で、瞬きもせず真っ直ぐ、つぐみを見ていた。

「俺、美姫と別れた時に、一生一人で生きて行くって決めたんだ。その覚悟があるから、仕事もがむしゃらにやれてる。無茶できるのは、一人で生きるって決心したからだ。でも自分が守らなければならない奴がいたら、そうはいかない。そいつに甘えることも、もちろんできない」

「先輩」

必死の形相の鮎川を前に、つぐみは掠《かす》れた声であえいだ。

「川奈。俺みたいな男といても、川奈は幸せになれない」

――ちがう。ちがう。

心の中で叫んだが、結局何も言葉にできず、飛び出すように病室を後にした。

頭の中はぐちゃぐちゃだった。鮎川に拒絶されたという事実が、痛いほど胸を締め付けた。鮎川の決意は鋼《はがね》のように固いだろう。

――私が側にいたら、迷惑なんだ。もう恋はしないんだから。先輩はもう、人を好きにならないって決めたんだから。

もう病室に戻ることはできない。つぐみがロビーに降りるエレベーターを待っていると、鮎川の母親に声をかけられた。

「川奈さん、さっきはごめんなさいね。ちょっと、話、できるかしら」

はい、となんとか声を絞り出し、廊下の椅子に並んで座る。

母親は宙を見つめながら、鮎川が事故にあった当時のことを、ぽつりぽつりと話してくれた。

「樹が東京で事故にあったと聞いた時は、本当に目の前が真っ暗になってね。怪我もひどかったけど、精神的なショックはもっと大きくて、樹は本当に苦しんだ。それでも、なんとか病室を出るまでに回復したの。看護師さんが心配するほどリハビリに励んだからね」

母親が眉を寄せ切なげに笑う。

「あの子ね、本当に頑固なぐらい、一生懸命に何でも頑張るの」

つぐみは深く頷いた。

「樹はたぶん、自分はいつか歩けるようになるっていう望みを、ずっと捨てきれずにいた」

母親の声がかすかに震えている。膝の上で祈るようにきつく握りしめられた両手の爪が、甲に食い込んでいた。

「でもある時、元通りに回復する可能性は低いという現実を、受け入れた。それからあの子はすっかり変わってしまった。樹は自分の運命を受け入れて、気持ちを鎮《しず》めて穏やかに振る舞うようになったの」

いつも優しい笑顔をたたえた鮎川の顔が浮かぶ。

「でも、内面はこれまで以上に自分に厳しくなったわ」

つぐみはこくりと頷いた。

自分は一生、茨《いばら》の道を独りで歩いていかなければならない運命だと決めて。美姫を遠ざけ、つぐみをはねのけて、自分の人生に巻き込まないよう高い壁を作って。まるで自分の側にいたら、幸せになれないとでも言うように。そんなこと、あるはずがない。鮎川先輩が、誰のことも幸せにできないなんて、誰が決めたの――。

たくさんの想いが込み上げ、つぐみは気がつくと目頭を熱くしていた。

「車イスってね、歩けないことだけが大変そうに見えるけど」

母親はつぐみの方を向いた。

「でもね、一番怖いのは、合併症で命を落とすことなの。誰もが命を落とすわけじゃないけど、でも、そんな危険と背中合わせに生きるあの子と、一緒にいるのは本当に大変なこと」

母親の目は潤んでいたが、つぐみはじっと目をそらさなかった。

「樹は一度地獄を見たの。そのつらさは、母親の私であっても分からない。体と心から血を流しながら、樹は決意した。その決意をできるだけ尊重したい。だけど私は……矛盾するようだけど、誰かに苦労をかけてでも、あの子には幸せになって欲しいの」

つぐみは、母親の複雑な胸の内にじっと耳を傾けながら、口元を固く引き結んだ。同じ気持ちだった。鮎川先輩に幸せになってほしい。遠慮なんかいらなかった。

――私に、できることは、あるかな。

つぐみは通路を遠くまで見渡した。小さな女の子がその手を引くお母さんと、仲睦《なかむつ》まじく歩いている。微笑ましいその様子を見つめながら――つぐみは冷静に思う。五年後、十年後、大切な人がすぐそばにいてくれるかどうかは、残酷だがそれは誰にも分からない。

つぐみは強い気持ちで顔をあげた。

だからこそ、今を大切にしたい。

大事なことはちゃんと言葉にして、先輩に伝えたい。でないときっと後悔する。

病院を出て、夕暮れの歩道を歩きながら、つぐみは心を決めた。

先輩が退院したら自分の今の気持ちを伝えよう――。


数日後、つぐみは渡辺から電話をもらった。鮎川が無事、退院したという。

つぐみは、ほっと胸をなでおろして目を閉じた。

体調不良になりがちな鮎川には、車イスを介助するだけでなく、やはりいつもそばにいて、生活全般を支える存在が必要だ。鮎川に受け入れてもらえるか分からないが、自分がその支えになりたい。

――先輩のことが、好きだから。

そう思うと、いてもたってもいられなくなり、その日つぐみは仕事を終えたその足でGH建築事務所へ向かった。自分の正直な気持ちを、鮎川に知ってもらいたい。

けれども鮎川は、すでに退社したという。勇気を出して、つぐみは鮎川の自宅を訪ねてみることにした。

夜の七時過ぎ、外はぱらぱらと小雨が降り出して、肌寒い。

鮎川の住むマンションへ向かう途中、近道になる公園内の遊歩道を急いでいると、目の先に、車イスの上から茂みを覗き込む鮎川がいた。

「先輩!?」

つぐみは髪や肩を濡らした鮎川に駆け寄って傘をかたむけた。

「何してるんですか？　傘もささないで……まだ退院したばっかりなのに」

「川奈こそ、何でここに？」

鮎川も驚いた顔でつぐみを見上げる。

「いや、ちょっと、先輩に話があって」

いきなりこのタイミングを迎えてしまうとは思わず、つぐみは戸惑った。しかし鮎川はそんなことなどお構いなしといった様子で、ガサガサッと聞こえた音に反応して首を伸ばした。

「悪い川奈、今、ケンゾー探してて」

この間、体育館で拾った子ネコはケンゾーと命名されていた。

「いなくなったんですか？」

「あぁ。ちょっと、目を離したすきにな。また迷子になったら可哀想だろう？　公園にいるかなと思って」

それで、雨の中を――。

つぐみは、鮎川に傘を差しだした。

「私が探しますから、先輩は家に帰っててください」

「川奈が濡れるよ」

鮎川が傘をぐいと押し戻したので、思いがけず、つぐみの手から傘の柄がすり抜けた。

「俺のことはどうでもいいから」

その言葉を聞いて、つぐみの中で何かが弾けた。

「どうでもいいわけ、ないじゃないですか！」

自分を抑えられず大声で叫んでいた。鮎川がびくっと肩を震わせたが、止まらなかった。

「どうしていつもそうやって……私の気持ちを、軽く扱うの、やめてください」

「なにムキになってんだよ」

鮎川がはぐらかそうとし、つぐみは大きく首を振る。

先輩はこれまでずっと、自分が作った高い壁を越えて来ようとする人を、こうやって拒絶してきたのだ。

そう思ったら無性にさびしくなって、つぐみは喘ぐように訴えた。

「自分といても幸せになれないとか、そんなふうに、勝手に決めないで。全部ひとりで結論出すの、やめてください」

「川奈」

鮎川はあっけに取られながら、息を荒くして胸を上下させている。

「私にとって先輩の代わりなんて、いないんです。ただ本当に、先輩の体が心配なんです……病気になったら、死んじゃったら、どうしようって」

嘘偽りのない、つぐみの素直な気持ちだった。

こぼれ落ちそうになった涙をぐっとこらえ、つぐみは鮎川の目をみつめた。

「先輩のことが、好きなんです」

高校の時、出会ってから、ずっと伝えたくてたまらなかった。大人になって再会したその日から、先輩のこと、思い焦がれていた。

鮎川が、冷えた指先を伸ばして、つぐみの頬にふれた。降りしきる雨が目の中に落ち、頬を伝っていく。

先輩が濡れている。傘を拾わなきゃ——でも。

つぐみは、頬に触れる鮎川の手を、両手でそっと握りしめた。


雨が強くなってきたので、二人はいったんケンゾー探しを中断し、鮎川のマンションへと戻った。

玄関で車イスのタイヤを拭いてから、中へと入る。

リビングの戸を開けるなり、「ミャ〜オ」と小さな鳴き声が聞こえてきた。

今の鳴き声……。

つぐみは鮎川と顔を見合わせた。

「フニャ〜」

再び鳴き声がする。

こっちの方から聞こえてきた？

つぐみは、ラックの下段に置かれた収納ボックスの前で、膝をついた。

「開けてもいいですか？」

「うん」

収納ボックスのふたを開ける。

きれいに畳んで収納されたタオルがもぞもぞと動き、間から薄茶色の背中がのぞいた。

「ええっ！」

驚く鮎川の隣で、つぐみは思わず吹き出してしまった。

「いましたね」

「まじかよ！　ここにいたのかケンゾー！」

つぐみはケンゾーを抱きあげて、鮎川の膝の上にのせた。

——ネコって、よく、こういうところに入っちゃうんだよね。ずっと家の中にいたケンゾーを、あんなに必死に探していたなんて。

なんだかおかしくなってきて、つぐみも鮎川も、大笑いしてしまった。

でも、無事に見つかって、ほんとによかった。愛くるしいケンゾーを見ていると、一日の疲れも吹き飛ぶようだ。

「ごめんな、心配かけて」

鮎川が洗面所からタオルを持ってきてくれた。ぱさっと頭にタオルをかけられる。

タオルを肩にかけながら、ううん、とつぐみは首を振った。

「私じゃ、頼りないかもしれないけど、もっとなんでも言って欲しいです。私、なんでも受け止めますから」

鮎川はつぐみの手を摑んで引き寄せた。

二人の顔が、ゆっくりと近づいていく。

ふとその時、二人に話しかけるように「ミャア、ミャア」と甘えた鳴き声がした。

ケンゾー、何か言った？

つぐみが視線を床にやると、鮎川が手のひらでつぐみの両頰を包み込んだ。

「こっち、見て」

ささやくように言って、鮎川が顔を寄せる。

つぐみはそっと目を閉じた。二人の唇がゆっくりと重なる。

鮎川とのキスは自然で、まるで時間が止まったような深い静寂の中に意識が溶けていった。

恋人同士になって初めての週末、つぐみは鮎川と江の島に遊びに行った。

名物のタコせんべいを食べたり、カモメにエサをやったりして、二人でのんびりと過ごす。

これまで何度も一緒に出かけたけれど、今日は特別だった。

——私、先輩とデートしてる！　恋人ってことだよね。信じられない……！

そんな幸せな実感が湧いて来て、つぐみははしゃいでしまった。

海を一望するおしゃれなカフェでケーキと紅茶を楽しんでから、二人は見晴らしの良い高台を目指して、坂道を登ることにした。

初めはゆるやかだったのに、上に行くにつれて、急勾配の道が続く。

「めっちゃ急！」

鮎川が笑いながらも、時折、眉間を寄せながらキツそうに車イスをこぐ。つぐみは、車イスを後ろから押して、一緒に坂を上がった。

「もう少しです」

「よっしゃ」

息が上がった二人は、やっとのことで高台にたどりついた。

一気に視界が開け、晴れ渡った青空とおだやかに凪いだ海が、遠くまで見渡せた。

「本当にきれい」

つぐみは、疲れも忘れて、景色に見入った。隣に並んだ鮎川も、まぶしそうに海を見つめている。

「昔、ここまで親に連れてきてもらったことがあるんだ。本当は、もっと上まで行けたらいいんだけど」

「全然いい！　ここの風景が好き！」

つぐみはもっと空と海を感じたくて、手すりから身を乗り出した。

風がふいて、つぐみのスカートの裾を揺らす。

「川奈、これ」

鮎川がリュックサックから小さな縦長の箱を出し、つぐみに渡した。

「開けてみて」

なんだろう。言われるがままふたを開けると、華奢《きゃしゃ》なシルバーの、ティアドロップネックレスが光っていた。

「え……これ、もしかして、私に？」

「付き合い始めた記念ってことで」

嬉しすぎて鼻の奥がツンとする。

「そんな高価なものじゃないんだ。川奈の誕生日は、一緒にもっといいやつを選ぼうな」

つぐみはブンブンと首を振った。先輩が、これを私のために選んでくれただけで感激する。ちょっと動いたら思わず涙が出てしまいそうで、つぐみはジュエリーボックスを手にしたまま固まってしまった。

「川奈？」

鮎川が、動かないつぐみの顔を不思議そうにのぞきこむ。

つぐみは気持ちを落ち着けて、改めてシルバーのネックレスを手に取った。首もとにあてると、日差しが反射して煌《きら》めく。

「本当は、ちょっと不安だったんです。先輩、優しいから、私のこと突き放せなくて、無理して付き合ってくれているのかなって」

だからこんなネックレスを用意してくれたなんて、信じられなかった。

「先輩。彼女にしてくれて、ありがとう」

「俺の方こそ、ありがと」

つぐみは、車イスの前にしゃがみこみ、鮎川にネックレスをつけてもらった。首の後ろで留め具をつけてもらい、くるりと振り返る。

「うん、いい感じ。似合うよ」

「嬉しい！」

鎖骨の間で輝くティアドロップに触れてみる。涙の形をした、素敵なネックレス。きっと一生の宝物になるだろうと思った。

コンペ以降、評判を聞きつけて、鮎川を指名するクライアントが何組か続いた。鮎川の仕事が増えると、インテリア担当であるつぐみの仕事も多くなる。二人とも、忙しくも充実した日々を送った。

平日が慌ただしい分、最近、週末は二人でゆっくりすることが多い。家で映画を見たり、カフェでランチをしたあと、公園を歩いたり。特別なことは何もないが、ただ一緒にいるだけでつぐみの心は満たされた。鮎川の優しさと強さに触れ、どんどん好きになっていく。

もっと一緒にいたい。ずっと一緒にいたい——。

お盆休み間近の夏真っ盛り、つぐみは鮎川の運転する車で、松本市へと帰省することになった。

「俺、実家に帰るの正月ぶりだな」

鮎川が運転しているのは、車イスに座ったまま乗り降りができる、障がい者用のレンタカーだ。数が少ないので、取り扱っている店舗まで行くのも大変なのだが、今回は自分が運転すると言って鮎川は譲らなかった。

「私も、松本に帰るの、すごく久しぶりです。電車で帰るの、けっこう混むじゃないですか」

「それで俺の車に便乗したってわけだ」

茶化されてしまったが、鮎川と一緒に地元に帰れるなんて、なんだかくすぐったい。

鮎川の運転は落ち着いていた。心配していた渋滞も、それほどひどいものではなかった。

「そういえば、ケンゾー飼うの、大丈夫でした？」

「長沢《ながさわ》さんに相談したら、そのまま飼ってもらえることになって」

「長沢さんって、ヘルパーさんでしたっけ？」

うん、と鮎川が頷く。その横顔から深く信頼を寄せているのが分かる。

長沢葵《あおい》さんは、事故後、鮎川のリハビリを手助けしてくれた看護師だ。週に何度かヘルパーとして鮎川の自宅に来る。「俺の恩人みたいな人だよ」といつか鮎川は言っていた。

『長沢さん』の名前は、鮎川との会話によく出てきた。けれどつぐみは、まだ会ったことがない。

「いくつぐらいの方なんだっけ？」

「まだ若いよ。色んなことに気が利くし、厳しいことも言ってくれるから、一緒にいてすごく安心できる人」

そう話す鮎川の表情は、なんだか嬉しそうで、長沢との距離の近さを感じさせた。

私もしかして、ヘルパーさんにヤキモチやいてる？

先輩のお世話をしてくれている女性に嫉妬するなんて、とつぐみは自分に呆れながら、その気持ちを振り払うように首を振った。


首都高速から中央自動車道に入り、国道に抜けてしばらく走ると、見慣れた山並みが遠くに現れる。

車はほどなくして、松本市に入った。

鮎川はナビを見ながら、つぐみの実家の近くにある土手沿いに車を停めた。

「ありがとう。うちはここからすぐだから」

お礼を言いながら、つぐみはシートベルトを外した。

もう少し鮎川と一緒にドライブしたかったと、名残惜しい気持ちで助手席を降りると、遠くから「つぐみ！」と声をかけられた。

土手の方を振り返ると、片手にビニール袋をさげた父が立っている。買い物にでも出ていたのだろうか。

「お父さん!?」

父は眼鏡の奥の、気難しい性格がにじむ険しい目つきで、運転席の方をちらりと見やった。

鮎川が、席に座ったまま、軽く頭を下げる。

父も、無言で会釈を返した。

なんだか、気まずい雰囲気。

鮎川はぎこちなくつぐみの方を見て、「じゃあ、また連絡する」と声をかけた。

「うん、ありがとう」

荷物を持ち、車のドアをしめるつぐみの様子を、父は仏頂面で眺めていた。

――なんか、お父さん、怒ってる？

「ただいまー」

「あら、おかえりなさい。久しぶりじゃない。元気にやってるの？」

小花柄のエプロンをつけた母が、手をふきながら台所から出てきた。

「なんとかやってる」

つぐみは冷蔵庫から麦茶を取り出し、棚のコップを摑むと、居間の畳にぺたんと座り麦茶をぐびぐび飲んだ。

「ふあー！」

落ち着く、実家の空気。

「なによ、いきなりお風呂上がりのお父さんみたいに」

「やーめーて」

いっきにくつろいで、夏休み気分になった。


その晩、つぐみは久しぶりに、家族と食卓を囲った。枝豆にトマトサラダ、クリームコロッケと、鶏と野菜の煮物。美味しそうな母の手料理が並ぶ。

「つぐみ、車で帰ってきたんだって？」

母が、食器棚から取り皿を出しながら言う。

「うん。高校の先輩に、運転してきてもらった。ちょうど帰省するっていうから。最近、偶然仕事で一緒になった先輩」

「何をしている人なんだ？」

父が少し硬い声で聞いた。

「一級建築士。建築事務所で働いてる」

「へえ、すごいじゃない！　お母さん、知ってる人？」

声を弾ませて、母はつぐみの隣に腰をおろした。

「鮎川樹さん。ほら、バスケ部のキャプテンだった人よ。今、お付き合いしてるの」

「そうなの!?　つぐみも隅に置けないわねえ。もう、紹介してよ」

母に肘でつつかれ、つぐみは照れくさくなりながら「また今度ね」とごまかす。

「いただきます」

父が不意に大きな声で言って、ガチャガチャと音をたてて箸を取った。

その声には、はっきりと不満がにじんでいた。どうやら父は、娘に恋人ができたことを、歓迎していないようだ。

「お父さん。しっかり仕事持ってる人だったら、いいじゃない」

母は呆れ顔で、父のグラスにビールを注ぎ、つぐみもグラスを取った。

「いや別に、何も言ってない」

そう答えたきり、父は無言で夕食を口に運び始めたので、母とつぐみも食事を始めた。

つぐみは苦笑いしながら、父の態度を少し可愛く思った。すっかり大人になった娘と、どう接したらいいのか分からないのだろう。

鮎川の話をするなら、足のことについて触れないわけにはいかない。

「彼、車イスに乗ってるの」

つぐみが笑顔で言うと、父と母の箸を持つ手が止まった。

「車イス？」

母が困惑した顔でつぐみを見る。

みな、鮎川を知らないから誤解している。障がいのことを話すと、今日の父や母と同様の反応をされることは多い。

つぐみは落ち着いて小さく頷き、なるべく明るい声を作る。

「交通事故で、脊髄を損傷して障がいを負ったの。歩けないけど、自立して日常生活を送ってるし、仕事だってこなしてる」

「それは、治るのか？」

父が能面のような顔で尋ねたので、つぐみは、首を振った。

「治るものじゃないけど」

隣で母がひどく動揺したのが分かる。

「でも、強くて優しい人だよ。尊敬してるの」

鮎川のことを分かってほしくて、つぐみは力強く、そう付け加えた。

しかし突如、父は何も言わずに立ち上がって襖《ふすま》を開けた。

「お父さん？　どこ行くの？」

つぐみの呼びかけを無視して、居間から出て行ってしまった。

「お父さん！」

母が咎めるように廊下に出て声をかけたが、父は戻って来ない。

しまった、まだ言うべきじゃなかった。両親には、もっと時間をかけて、話すべきことだったんだ。親にとってみれば、にわかに受け入れられることではない。なぜそれが分からなかったのだろう。

顔を曇らせたつぐみの肩に、母がなぐさめるように手を添える。

「お父さん、去年入院してから、すっかり体が弱くなっちゃってね。つぐみの将来が心配なのよ」

「うん……でも……」

つぐみは口ごもって、うつむいた。

——私たちの関係を全然知らないのに、どうして頭ごなしに否定するの？


結局、つぐみが東京に帰る日まで、三日間、父とは一言も話さなかった。

松本を発つ日、鮎川は家の前まで車で迎えに行こうかと言ってくれたが、つぐみは断った。父と鮎川が鉢合わせしたらと思うと、心配だったのだ。

鮎川とは、実家から離れた松本駅前で落ち合った。

——次に帰省するときには、笑顔でいられるのかな。お父さんと、今度はちゃんと話すことができるのかな。

父の頑なな態度を思い返すと、不安が募る。助手席で揺られながら、つぐみは物思いにふけった。

「ちょっと、寄り道していくか！」

鮎川はつぐみの浮かない顔を察してか、ドライブに誘ってくれた。

「行ってみよっか」

車が向かったのは、諏訪湖だった。

深い緑に包まれた広大な湖は、鏡のように穏やかだった。水面に映る二人の影を、つぐみはぼんやりと眺めた。いつもなら鮎川と遠出できるだけでワクワクするのに、今日は下を向いてばかりだ。自分が落ち込んでいるのが分かる。

ふと鮎川がつぐみの手を優しく握りながら、

「川奈、お父さんになんか言われた？」

そう静かにつぶやいた。

「え？」

ぎくりとして鮎川を見る。鼻に皺をつくった鮎川は、小さく首をすくめた。

「いや、こないだ俺、お父さんに会ったとき、車から降りもしなかったろ。軽く会釈しただけでさ。気を悪くしたんじゃないかなと思って」

そんなことない、と取りなすことが今のつぐみにはできない。

「俺たちのこと、話した？」

「話しました」

「今度会ったら、きちんと俺から挨拶するから」

つぐみは「うん」と頷き手を強く握り返した。鮎川に申し訳ない想いでいっぱいになって、顔を上げられない。

二人はしばらくの間、黙って手を離さなかった。

「行こっか」

ふわっと手の力を抜くと、鮎川は駐車場の方へ向き直り、来た道を戻っていく。

——先輩は全部分かってる。

私が親から色々なことを言われたこと。私がそれに動揺し、自信をなくして不安になっていること。

全部想像がついていて、そして、その重圧を背負ってくれようとしている。

つぐみはたまらず駆け寄って、鮎川を後ろから抱きしめた。

「どーした？」

鮎川は何も知らないという顔で、くすぐったそうに笑った。

「ううん。ありがと」

つぐみは車イスを押しながら言った。

――お父さんのこと、ずっと一人で悩んでいたけど、私には、先輩がついていてくれる。

そう思ったら、なんだか気持ちが軽くなった。

――私たちには、乗り越えなきゃいけないこと、解決しなきゃいけないことが、まだまだたくさんある。

でも、先輩と一緒ならきっと大丈夫。笑顔でいられる。

そんな気がした。


東京に着いてレンタカーを返した後、つぐみは鮎川と一緒に、鮎川のマンションに向かった。しばらく家をあけていたので、掃除や洗濯を手伝おうと思っていた。

ボストンバッグを投げ出し、玄関で車イスのタイヤを拭いていると、

「おかえり」

リビングからきれいな女性が出て来て、ケンゾーと一緒に出迎えてくれた。

「あ。長沢さん、来てたんだ」

安堵の表情を浮かべた鮎川に、つぐみの胸がドキンと鳴った。

ジーンズにTシャツとラフな格好だが、きりっとした、芯の強そうな女性。

「ごめんね、先に入って。薬届けたら帰ろうと思ったんだけど、少し掃除してた」

「いつもすみません。ほんと助かります」

そう言って鮎川はつぐみを見た。

「こちら、ヘルパーの長沢葵さん。長沢さん、川奈つぐみです」

「はじめまして、川奈です」

つぐみが、ぺこりと頭を下げる。

「長沢です」

つぐみを観察する長沢の目つきは、どこか冷ややかに感じられた。

鮎川が服を着替えている間、つぐみは、洗濯機やキッチンの使い方を改めて長沢に教えてもらった。ヘルパーとして長く通っているだけあって、長沢は鮎川の家の中のことを隅から隅まで把握している。

つぐみも以前からこの家に来て家事を手伝うことはあったが、洋服や食器をしまう場所や、ボトルに入れ替えられたいくつかの洗剤の種類などが分からず、かといっていちいち鮎川に聞くのも憚《はばか》られて、困ることがあった。だから、長沢に教えてもらえるのはとてもありがたい。

「洗濯はできるだけこまめに。掃除は、彼にとっては手が届きにくい場所が多いから、とくに注意して掃除してあげて」

「はい」

二人は洗面所からキッチンに移った。

「あと、玄関には必ず、濡れた雑巾を置いておくこと。食材や飲み物は、さっき買って来て、冷蔵庫に入れておいたわ。冷蔵庫に常備しているものがいくつかあるから、それはまたおいおい」

「ありがとうございます」

長沢がお湯を沸かして、三つのティーカップをカウンターに並べる。

「紅茶は……」

つぐみがキョロキョロしていると、長沢が背後の食器棚を目で指した。

「ティーバッグや茶葉、コーヒーが入っているのはここね」

「はい」

紅茶缶に手を伸ばすと、湯が沸いた音がした。

「私、やりますね」

ティープレスにお湯と茶葉を注ぐ様子を、長沢は腕組みしながらじっと見ている。

つぐみは緊張してしまい、掌にじっとり汗が滲んだ。

「樹くんとは、同郷？」

「はい。高校が同じでした」

ティープレスのフィルターをきゅっと押し下げながら、つぐみは頷く。

「偶然、仕事で再会したんです」

「じゃあ、もしかして知らなかった？　車イスのこと」

「はい」

「そうなんだ」

ふっと長沢が鼻で笑ったような気がしたのは、思い過ごしだろうか。口調が冷たいと感じるのは、自分が頼りないからだろう。鮎川の彼女がこれでは、身の回りのことを任せられないとでも思っているのかな……。

「あっ！」

つぐみは茶葉の入った缶を落としてしまった。落ちた拍子にふたがあいて、乾燥した茶葉が床にこぼれた。

「すみません」

つぐみは自己嫌悪しながら、慌ててしゃがんで手で茶葉をかき集める。

即座に長沢が洗面所から布巾を持ってきて、散らばった茶葉を一気に拭き取った。

「大丈夫か？　川奈」

慌てたつぐみの声を聞きつけて、鮎川がキッチンにやってきた。

「はい。ごめんなさい、びっくりさせて……」

床に膝をついたまま顔を上げたつぐみは、息をのんだ。

「……!!」

鮎川の両足のつま先に血が滲み、靴下がぐっしょり濡れて真っ赤だ。

「先輩、足の先！」

「ん？」

下を向いた鮎川が、「あー」とゲンナリした表情で天井を仰ぐ。

「またやっちゃったよ」

言われるまで気がつかなかったようだ。

「そのまま、動かないで」

自分で靴下を脱ごうとする鮎川を制して、長沢が駆け寄った。左手で鮎川の足を押さえ、手早く靴下を脱がせる。

つぐみは目を見開いて、露わになった指先を凝視した。両親指の爪が完全に剝がれている。指の付け根まで赤黒く染まっていて、床にポタポタと血が滴り落ちた。つい目を背けたくなるほどの、痛々しさだ。

——血が、あんなにたくさん。

つぐみは、ふっと気が遠のいていくのを感じた。

「川奈さん！　救急箱、持ってきてくれる？」

ぴしゃりと長沢に言われ、はっと気が付いて洗面所へと急ぐ。

長沢が素早く応急処置をするのを、つぐみはじっと見守ることしかできなかった。


幸いしばらくして出血は止まった。

いつどこで足をぶつけてしまったのか、鮎川にも分からないらしい。爪が剝がれるほどの衝撃は決して小さくないはずだが、足の感覚がないから、ぶつけたことに気づかないのだ。

でも、少なくともつぐみと家に帰ってきた時には、鮎川は怪我をしていなかった。

――もしかして、私がうっかり紅茶缶を落としてしまったとき、急いで様子を見にこようとして、ぶつけちゃったんじゃないかな。

つぐみは再び落ち込んだ。

サポートする側のつもりが、鮎川に心配をかけてしまっている。慣れれば、自分も長沢のように、きびきびと動くことができるのだろうか。

「長沢さんがいてくれて、助かりました。ありがとうございました」

鮎川が手洗いに行っている合間に、長沢はさっと帰り支度をすませた。今日はもう失礼するという。つぐみは玄関で長沢に礼を言い、頭を下げた。

「川奈さん、あのね」

長沢はぱっとこちらを振り返って、苛立たしげな表情でつぐみを見つめた。

「私は、彼のことを事故直後から見てきた。苦しみもがいていた姿も知ってる。それからずっと側で支えてきたから、彼の心のことも、体のことも、今では察することができる。だから言わせてもらうけど」

長沢はそこで一度言葉を切ると、大きく息を吸った。

「覚悟が必要よ、彼と付き合うのは」

そう言って無知を非難するように、きっとつぐみを睨んだ。

長沢が出て行った後も、つぐみは玄関で立ち尽くした。

覚悟はできている、つもりでいた。

だけど、鮎川の怪我に気づいたとき、つぐみはおろおろするばかりで何もできず、長沢に言われるまでパニックになっていた。

――助けになりたいっていう、気持ちだけじゃだめだ。

的確に動けるようにならないと。

つぐみは、その足で遅い時間までやっている書店に向かうと、何冊か福祉関連の本を買い込んだ。


そんな折、鮎川に新しい仕事の依頼が来た。

クライアントは、車イスバスケの先輩である吉岡さん夫妻だ。郊外にバリアフリー住宅を新築したいという。インテリア担当には、つぐみを指名してくれた。

鮎川と同じように脊髄を損傷しながらも、懸命に生きる吉岡と、その吉岡を支える由美子夫人。二人はつぐみが尊敬するカップルだ。鮎川のイメージする家をさらに内装で輝かせる、最高の住み心地の家を贈りたいと思った。

その日、仕事を終えたつぐみは、買い物袋を提げ急ぎ足で鮎川のマンションへと向かっていた。

週末はもちろん、平日もなるべく時間を作り、夕食を作ったり掃除をしたりして、鮎川の身の回りの手伝いをするようになっていた。

「ごめんなさい、遅くなって」

慌ただしくリビングに顔を出すと、鮎川はダイニングで、ノートパソコンを開いていた。

「ううん。今日もありがとう。川奈、無理すんなよ」

「全然大丈夫。それに、私がもっといろいろできるようになれば、ヘルパーさん代だって節約になるでしょ」

「そりゃそうだけど」

「私が一緒にご飯食べたいんです」

それは紛れもない本心だった。鮎川の役に立てるのが、なにより嬉しいのだ。

「仕事中ですか?」

つぐみは、鮎川が開いたノートパソコンを後ろからのぞきこんだ。

「うん。締め切り近くて」

吉岡夫妻の仕事を引き受けてから、鮎川はますます忙しくなっていた。鮎川にとっても、吉岡からの依頼は特別なものなのだ。

「今日は生姜焼きと人参のサラダです。さっと作りますね!」

鮎川が「いいね」と笑う。つぐみは嬉しくなって、小さなガッツポーズを作り、いそいそとキッチンに向った。

あれ？

突然目まいがして、壁に手をついた。一瞬だが意識が途切れたようだった。視界がぐらりとしたが、目を閉じるとすぐに落ち着いた。

寝不足かな。

鮎川のサポートを積極的に始めてからというもの、自宅に帰るのは十一時近くなる日も多い。

つぐみは小さく首を振った。疲れている場合じゃない。これからは、これが日常になるのだ。つぐみは強く自分に言い聞かせると、レジ袋から食材を取り出した。

それからも毎日鮎川の顔が見たくて、なんとか時間を作って、夜はできるだけ鮎川の家を訪れた。

その後、夜遅くに自宅に戻ってから、福祉関係の本を読み進め、大切な箇所はノートにまとめるようにした。やらなければならないことは、たくさんある。やむをえず睡眠時間を削ることになったが、それでもつぐみは充実感に包まれていた。仕事はやりがいがあるし、大好きな鮎川の役に立てるなら、自分が多少大変な思いをすることぐらい、なんでもない。鮎川のそばで何も出来ないでいるより、ずっとよかった。

――今日の夕食は、先輩に何を作ってあげよう？

夕方、会社の作業台で一息つきながら、スマホで料理レシピを見ていた。冷凍してあるハンバーグにトマトソースをかけてみようかな。付け合わせはどうしよう、冷蔵庫に何が残っていたっけ。

ふいにスマホ画面が着信を知らせた。登録のない番号からだった。

「もしもし？」

「あ、川奈。今大丈夫？」

聞こえてきたのは同窓会で再会した是枝の声だ。

「いきなり悪い。じつは今クランベリーズの近くに来てるんだ。よかったら、この後夕飯でも一緒にどうよ」

今日も鮎川の家で夕食をとるつもりだ。だがせっかく電話をくれた是枝にも悪いので、軽く食べるだけなら、と返事をする。

「それなら六時半に待ち合わせよう。店を決めたらまた連絡する」

是枝が選んでくれたお店は、おしゃれなイタリアンだった。

「俺は白ワインにする」

「私は今日、このあとちょっと用事があるから、ソフトドリンクでいい？」

つぐみと是枝はグラスを合わせてから、ブルスケッタやムール貝などつまめるようなものをオーダーした。

システムエンジニアの是枝の毎日も多忙で、終電間際に帰ることも少なくないらしかった。それなのに疲れを顔に出さない是枝の話は面白く、あっという間に時間が過ぎていく。

「なんかもうちょっと頼む？」

つぐみは腕時計を見た。入店して、一時間余りが過ぎたところだった。

「ごめん。私、そろそろ行かないと」

「わかった。用事があるって言ってたけど、これから？」

つぐみは微笑んで頷いた。

「鮎川先輩のところ、行かないといけなくて」

鮎川の名前が出たとたん、是枝の顔が少し引きつった。

「お前ら、やっぱ付き合ってんだろ？」

「うん！　あれからそういうことになりました」

つぐみが照れながら言うと、是枝は冷やかしもせず真面目な顔になる。

「もしかして、毎日通ってんの？」

「できるだけね。先輩のこと、もっとサポートしたくて。私がもっと頑張らなきゃなーと思って！」

「ふーん」

是枝はグラスの水滴を指でぬぐいながら、抑揚のない相槌を打った。どこかで是枝なら自分を元気よく励ましてくれると思っていたつぐみは、俯いて瞬きを繰り返す。

「でもさあ、恋愛って、そんな頑張らなきゃいけないもんなのかな？」

すぐに顔をあげるのが怖くて、つぐみはとっさに膝の上のナプキンを握りしめた。

「いいって、俺が誘ったんだから」

「ううん、本当に受け取って！」

一人で会計を済ませようとする是枝に無理やり五千円を渡し、つぐみは鮎川の家に急いだ。

恋愛って、そんな頑張らなきゃいけないもんなのかな――。

最後に言われた言葉が、頭の中に引っかかる。どういう意味だったのだろう。是枝の真意が分からなかったが、口調に厳しさがあったのは確かだ。両親や長沢さんと同じように、やはり是枝も私たちが付き合うことに賛成できない、と思っているのだろうか。

でも、とつぐみは思う。

頑張らない恋愛なんてある？

どんな恋愛だって、努力が必要なんじゃないの？

心が晴れなくて、駆け出しそうになる。その時、ポケットの中のスマホが着信した。母からだ。そういえば昨日から何度か着信があったのだが、気づいたのが夜だったり仕事中だったりして、折り返していなかった。

「もしもし」

「やっと繋がった」

不満げな母の声が聞こえてくる。

「全然連絡してこないで。元気なの？」

「うん。ごめん、仕事が忙しくて」

「今どこ？」

つぐみは、一瞬、言葉に詰まった。

先輩の家に向かってることは、言わない方がいい。

「仕事帰りに、軽く食事して、今家に帰るところ」

「ずいぶん遅いのね」

母はため息をひとつつくと、改まった口調で切り出した。

「電話したのはね、鮎川さんのことなんだけど。まだお付き合いしてるの？」

よりによって、今そんなことを電話してきたのか。つぐみは大きなため息をつきたかったが、気を取り直して明るく応じてみせる。

「うん。でも、心配しないで。大丈夫だから！」

「大丈夫って、何言ってるの。お父さんも心配だって。あのね、つぐみ聞いて」

この調子だと長くなりそうだ。さすがに今日はもう、これ以上話したくない。

「あ、ごめん。仕事の電話が入った。お母さん、またかけなおすね」

通話終了を押すと、思いっきりため息をついた。

――お母さんたちとも、近いうちにちゃんと話をしないといけない。私がこれからの二人の関係を考えて勉強しだしたこと、私たちの気持ちや覚悟についても、しっかり伝えたい。

スマホをポケットにしまい、歩き出そうと前を向いた瞬間。

また視界が傾き、つぐみは足に力を入れて立ち止まった。とっさに掴める支えがなく、ぐらりと体が揺れた。

寝不足がたたっている。じっと目を閉じて、気持ちを落ち着かせると、めまいはすぐに収まった。


翌朝、家を出たところで母からメールが届いた。

さい。

『おはよう。鮎川さんのこと、ちゃんと話し合いたいので、とにかく一度帰ってきなさい。

お父さんも心配しています』

そんなこと、分かってる。

いつまでも子供扱いされているようで、つぐみは返信をしなかった。その時が来たら、自分から連絡するつもりだ。

青い空がどこまでも続いている。朝の空気は気持ちいいはずなのに、ちっとも気持ちは晴れない。

――私は先輩を支えたい。先輩と一緒にいたい。

どんなカップルにだって、突き詰めれば、何らかの「障がい」はある。些細なことでも、二人の間で乗り越え難い障がいとなり、別れに繋がることだってある。

なぜみな、恋人が車イスという障がいばかりに目を向けるのだろう。その障がいが大きすぎて、私たちでは克服できないと決めつけるかのように。鮎川と私の気持ちや日々の努力を知らないで――つぐみは、唇を噛んだ。

母からもらったメールのことが気にかかって、その日は一日中、仕事に集中できなかった。そんな自分に嫌気がさす。

「川奈、なんか顔色よくないよ。今日は早めに帰んな」

仕事に身が入っていないのを見透かされて、清水にポンと肩をたたかれた。

「すみません」

と謝ってから、休憩所で〈今日は定時に帰社します〉と鮎川にメッセージを送る。

〈俺も今日はそのつもり。一緒に帰ろう〉

すぐに返信が来た。

互いの職場から近い、武蔵花田駅で待ち合わせることにする。東京西側の郊外を走る、モノレール線の駅だ。

こんなに会社を早く出たのはいつ以来だろう。帰り支度を済ませたつぐみは、会社のエントランスのガラス扉に映った自分の姿にぎょっとした。両目の下が黒っぽく、思わずこすったが取れない。くっきりと半円を描くクマに、つぐみは苦笑いした。

――こんなんだから、清水さんやお母さんたちに、心配されちゃうんだな……。

鮎川は、無理して毎日来なくてもいいと言ってくれている。

だけど、鮎川の大変さを案じれば、自分が少し無理をしなければと思う。

これから二人でやっていけると周囲に胸を張って言うために、自分がもっと頑張らないと。

「川奈」

改札の前で、鮎川が右手をあげた。

「先輩、早かったね！」

どんなに疲れていても、鮎川の笑顔を見るとほっとする。

くよくよしていないで、美味しい夕飯を作ってあげよう！

つぐみは駅のホームで、鮎川と並んでモノレールを待った。

「ナベさんと話して、だいたい吉岡邸の方向性が決まったんだ」

すぐ隣にいる鮎川の声が、どうもはっきり聞こえない。つぐみは、鮎川の方に体を寄せた。

「あえて全部バリアフリーにはしないで、吉岡さんが自力で動けるところを、なるべく残していこうかなって」

なぜか鮎川の話が頭に入らない。

つぐみはおかしいと思い、額に手をやった。額が汗でじっとり濡れている。

鮎川が怪訝《けげん》そうにこちらを向いた。

「川奈、聞いてる？　どうした？」

ホームにアナウンスが響き、つぐみの頭の中がいっぱいになった。

「電車が参ります、ご注意ください。黄色い線の内側までお下がりください」

・鼓動が早まり、自分の体が自分のものではないような感覚に襲われる。

本当に疲れているようだ。今日はやはり、自宅に帰って休んだほうがよさそう――。

そこで意識が遠のいた。

体を立たせていることができなくなり、脚に力が入らず崩れ落ちる。平衡感覚を失っているから、そのまま前につんのめるように上体を起こすと、つぐみはすでにホームの際まで来ていた。目の前にはホーム下の暗がりが広がる。

「川奈！」

鮎川がとっさにつぐみに向かって、手を伸ばす。

鮎川の指先が、つぐみの掌に触れたが、その手を掴むことはできない。

「…………」

必死の形相の鮎川、駅名が書かれた看板、コンクリートのホーム、こちらを見る周りの人たち——すべてがスローモーションを見ているように、つぐみの目に映る。

次の瞬間、つぐみはホームから転落した。

「川奈！　川奈！」

鮎川は、黄色い線をこえてホーム下を見下ろしながら、必死につぐみの名前を叫んだ。

「あの女性を助けてください！　お願いです！」

周囲が騒然とし始めた。モノレールの明かりが遠くに光ったため、さらにホームが緊迫していく。

「電車、停めろ！」

モノレールがホームに入って来た。

「ボタン、ボタン！」

誰かが押した緊急停止ブザーの音が鳴り響き、モノレールが急停車するけたたましい金属音がする。

駅員が数人、駆け寄ってきて、ホーム下へと飛び降りた。

モノレールはまだ完全に停まりきらず、じりじりと迫って来る。

「川奈！　川奈！」

鮎川にできることはただ一つ——全身全霊でつぐみに呼びかけ続けることだけだった。誰か、川奈を助けてください。どうか助けてください。お願いします。

「はい、そっち持って」

「いくよ、せーの！」

ホーム下に降りた駅員たちが、つぐみの体を抱え上げて脇に移動させた。

次の瞬間、減速したモノレールが鮎川の目の前を通り過ぎていく。

「川奈ーーーっ！」

モノレールの車両が、ぎしぎしと音をたてながら二十メートルほど先で完全に停車した。

川奈……！

鮎川は車イスから上体を乗り出すようにして、ホーム下の様子を窺った。

停車した車両の影から、駅員に抱えられたつぐみの姿が見えた。間一髪のところで、つぐみと駅員は無事、反対路線へと逃れることができた。

鮎川は、全身脱力するように車イスの上でうなだれた。声が乾き、喉がひりつく。

――よかった……。

ホーム下にタンカが降ろされて、意識を失ったつぐみが運ばれていく。

「この人、一人!? 連れは!?」

駅員がホームを見上げて叫ぶ。

「僕です！」

鮎川が名乗りをあげると、駅員は鮎川の車イスを見るなり、眉をひそめた。

「ほかにも誰か、彼女に付き添える方に連絡を取ってください！ 急いで！」

鮎川はすかさず渡辺に電話をかけた。

しかし、応答はない。

長沢、清水、吉岡。心当たりの番号を手あたり次第に鳴らすが、誰も出ない。

――くそっ、俺が……俺があのとき、川奈の体を受け止めていたら。

鮎川は、激しい後悔に胸が潰れそうになりながら、スマホを鳴らし続けた。

そのとき、ホームに落ちたつぐみのバッグの中から、着信音が聞こえた。

「それ、その黄色いバッグ、誰か取ってください！」

鮎川の声に反応して、スーツ姿の男性がすぐさま手を伸ばした。


病院の、どこまでも続く長い廊下。鮎川には見慣れているはずの風景が、今日は全く違うものにみえた。

初めは救急室の前を行ったり来たりしながら、鮎川は祈るような気持ちで、つぐみの処置が終わるのを待っていたが、時間がかかると言われて、待合室に戻った。

つぐみは意識を失ったまま、近くの武蔵花田病院の救急センターに運ばれた。車イスの鮎川は、救急車に同乗することができず、タクシーで遅れて追いかけなければならなかった。

虫の知らせだったのだろうか、思わぬタイミングでつぐみに電話をかけてきたのは、つぐみの元クラスメイト、是枝洋貴だった。

鮎川は是枝に事情を話し、武蔵花田病院の救急センターまで来てくれるよう懇願した。スマホをにぎりしめながら、鮎川は何度も頭を下げた。是枝は仕事を切り上げて、すぐに駆け付けると言ってくれた。

息を切らせながら、是枝は待合室に駆け込んできた。

「川奈は？」

「今、救急室で手当てを受けてる」

「大丈夫なんですか!?」

「救急車に乗ったときは、まだ意識はなかった。ホーム下に落ちた時、頭を打ったりしていなければいいけど……」

鮎川は絞り出すようにつぶやいた。

「…………」

無言のまま、是枝は鮎川から離れた席にストンと腰を落として、頭をベンチの背にもたせかけた。

どれぐらい待っただろうか。

やっと処置が終わったと知らされ、鮎川と是枝は医師と面談することになった。

「お二人が付き添いの方ですね。まずはご安心ください。命に別状はありません」

処置を終えた医師の第一声に、鮎川と是枝は大きく息を吐いた。

「脳波なども、異常はありません。幸い頭は強く打たなかったようです。頭の傷は軽傷ですが、左足の膝下部分を複雑骨折しており、こちらは全治二ヵ月です。あと気になったのが……血液検査の結果を見ると、CRPがかなり高いです」

「CRP？」

是枝が聞き返すと、

「体内で炎症や感染症が起きると、この数値が上がるんです。川奈さんは、だいぶ胃の粘膜《ねんまく》がやられているようでした。重度の疲労がたまると胃潰瘍《いかいよう》に似た症状がでることがあります。体温も三十九度あり、相当なストレスを抱えていたのでしょう。非常に体調が悪かったと思います」

そう説明する医師に頷きながら、是枝が怒りのこもった目で鮎川を見た。

青ざめる鮎川は、ただただ申し訳なく、うなだれる。

「あまりに疲れると、自分の体の状態にも鈍感になり、こんな酷い体調不良になっても気づかないこともあります。だから周りの人が声をかけてあげることが大事なんですね」

しばらくは入院が必要だという。

医師が去るのを待って、鮎川は是枝に声をかけた。

「今日はありがとな。急にすまなかった。助かったよ」

是枝はやるせないような表情で、眉間に深く皺を寄せた。

「よく分かんないです、お二人のことは。でも川奈、相当無理してたんです。三十九度の熱って、おかしいですよ。彼女はそれでも大丈夫って言うかもしれないけど、鮎川さんはそれで本当に大丈夫なんですか？」

自分の目の前で静かに怒りに震える是枝に対して、鮎川は返す言葉もなく、唇を強く噛みしめた。

――全部、自分のせいだ。ふらついた川奈に気が付きながら、俺は助けられなかった。これでは川奈に世話になるばかりで、恋人らしいことを何もしてやれないじゃないか。

「俺は帰ります」

「今日は本当にありがとう」

是枝は鮎川に気を遣ってか、つぐみの顔も見ずに病院を後にした。

病室で一人つぐみに付き添い続けている間、さまざまな思いが鮎川に押し寄せた。

真夜中近くになってから、つぐみはようやく目を覚ました。

「先輩？　ここ、どこ？」

つぐみはぼんやりとした目つきで、手を握る鮎川を見つめた。

「病院だよ。お前、駅のホームから落ちたんだ」

「ああ。覚えてます」

つぐみは表情もなくぼそりと言って、点滴を受ける細い腕を不思議そうに見つめた。

「目の前が急にぐらついて。先輩が、手を伸ばしてくれて」

でもその手で、つぐみを掴み、抱き留めることはできなかった。ホーム下に落ちたつぐみを抱き起こし、安全な場所に避難させることができなかった。

「川奈」

ごめん、と鮎川が言おうとしたとき、病室のドアが勢いよく開いた。血相を変えて飛び込んできたのは、つぐみの両親だった。

「つぐみ！」

ベッドに力なく横たわるつぐみを見た母親が、口元を押さえて感情を高ぶらせた。

「お母さん」

母親はベッドに駆け寄り、つぐみの頬にそっと触れる。

「つぐみ、大丈夫なの？　ほんとに心配したのよ」

「うん、だいぶよくなったよ。もう大丈夫」

「よかった」

「心配かけてごめんね」

弱々しいつぐみの声はかすれている。

母親はきつい表情で、鮎川に向き直った。

「鮎川さんね。どういうことですか!?　何でこんなことに……」

「お母さん、先輩は関係ないよ」

小さい声ながら必死に自分をかばおうとするつぐみを遮《さえぎ》って、鮎川は頭を下げた。

「一緒にいたのに、何もできませんでした。自分の責任です。こんなことになってしまって、本当に申し訳ありませんでした」

「先輩、ちが……」

つぐみの言葉を塞《ふさ》ぐように、父親が「悪いが」と低い声で口を開いた。

「今日は家族だけにしてもらいたい」

「分かりました。失礼します」

車イスをこいで病室を後にする鮎川の背中に、両親のなじるような視線が降りそそいだ。

・

翌日。

鮎川は沈んだ面持ちで、オフィスのデスクに向かっていた。入院中のつぐみのことが気にかかって、仕事もろくに手につかない。

「大変だったな。でもそんな気にしちゃだめだぞ」

渡辺が励まそうと声をかけてくれる。

「さっきクランベリーズさんから連絡あって、吉岡邸の案件は、清水さんが引き継いでくれるって」

「申し訳ありません」

鮎川は頭を下げた。

「別にお前が謝ることじゃないよ」

ぽん、と渡辺に肩を叩かれるが、鮎川は自分を責めることをやめられなかった。

「全部、自分のせいだ」

だれもいない休憩室で、鮎川は独りごちた。

全部、自分のせいなのだ。再びその言葉が刃物のように鮎川の心を切りつけた。

鮎川は動かなくなった自分の足に触れた。次第に手がとまらなくなって、強く、強く足を叩いた。

——何も感じない、ただの棒切れのような俺の脚。

こんなに口惜《くや》しいのに、いくら叩いても痛みすら感じない。鮎川は静かに目を閉じる。人一倍の努力をしても、限界はやがて来る。やっぱり俺の運命に、あいつを巻き込むことは——。

　大学生の時に交通事故にあい、脊髄を損傷してから数年が経つ。この足はもう一生動かないと聞かされたときには、人生が完全に終わったと思った。

　周りからは、腫れ物に触るように扱われていた。母親も、友達も、みんな励ましたらいいのか、一緒に泣いてやればいいのか、分からずに困り果てていた。

　鮎川はふさぎこみ、一人、病室に閉じこもった。何をする気力もわかなかった。

「鮎川くん！　リハビリ行くよ！」

　無理やりリハビリに連れ出そうとする看護師に、鮎川は反発した。どうせ動くようにはならないのだ。何のためのリハビリなのか分からなかった。

「行かない！」

「だめよ。行かなきゃ！」

「行かないって言ってんだろ！」

　無理やり脇の下に腕を入れられ、ベッドから引きずりおろされそうになると、看護師の手をふりはらい、罵声を浴びせた。

「それがお前の仕事だからって、俺に触るなよ！　せめて俺に構わないでくれよ！」

誰かの助けを借りなければ、ベッドから下りることも、用を足すこともできない。そんな自分が惨めで情けなくて、生きている意味が見いだせなかった。生きることが、恥をかき、迷惑をかけることとイコールだった。そんな人生を送って、一体なんになるというのだろう。

それでも事故から時間が経てば、少しずつ気持ちが落ち着いてくる。駄々をこねてさらに両親を困らせたくはない。

そうしてリハビリにも足を運ぶようになったが、かといって前向きな気持ちにはなれなかった。

建築家になる夢も、もう叶わない。そう考えるたび、目の前が真っ暗に閉ざされたような思いがした。

そんな時、看護師が、鮎川の病室に車イスの男性を連れてきた。ぱりっとしたスーツを着た、知的で温厚な雰囲気の人だ。

「きみが鮎川くんだね、よろしく」

そう言って男性は車イスを近づけると、名刺を差し出した。

〈一級建築士　秋部《あきべ》孝之《たかゆき》〉

「え！　一級建築士？」

驚く鮎川を見て、秋部はおかしそうに笑った。

「ははは、そんなに目を丸くしてどうしたんですか？」

「いえ……でも……」

「歩けなくたって設計はできますよ」

さらりと言うと、秋部は落ち着いたまなざしを鮎川に向けた。

「僕は、三十代で車イスになりました。きみと同じで、脊損です。しばらくは絶望と闘う日々が続きました。でも悔やんでも始まらないと思って、資格を取る決意をしたんです」

秋部は微笑んだ。

「この仕事を始めて、苦労は後をたたないけど、逆に強みになったこともあるんです。バリアフリーの案件については、僕を信頼してくれてご依頼をくださる方が引きも切らないし、今じゃ若いころより忙しいくらいです」

「現場で上の方にあがるときは、どうするんですか」

「みんな協力して担いでくれますよ。大工さん、力あるから」

鮎川は、信じられない思いで、手の中の名刺を見つめた。

一級建築士。

そこに集う人を想像しながら、居心地のいい建物を作りたい。そんな夢をもつ鮎川があこがれ続けた職業が、一級建築士だった。

「車イスでも、建築士になれるんですか？」

「もちろん。だからきみもあきらめずに、頑張って。何か疑問や質問があったら、遠慮なく僕のメールアドレスに連絡をください」

障がいを負っても、夢を叶えることはできる。

この出会いは大きな糧になった。障がいを理由に、自分の可能性をつぶしていたのは、他でもない自分自身だったのだ。

秋部との出会いは、あきらめていた目標を、もう一度目指すきっかけになった。

鮎川は奮起して、リハビリに取り組んだ。

腕の力だけで車イスに乗り移る訓練。長時間車イスをこぎ続ける訓練。

人一倍努力して、絶対にあきらめないと決めた。限界なんかない。自分の心が限界を作らない限り――。

長いリハビリを終えた鮎川は、見事、ＧＨ建築事務所に入所を決め、一級建築士を目指して、勉強を続けた。

リハビリのおかげで、車イスの扱いにはかなり慣れてきていたが、それでも、仕事と勉強を両立させるのは大変なことだった。

どうしても座っている時間が長くなるので、褥瘡に苦しむことになった。自分で処置できる浅いものから、高熱の原因になるような大きなものまで、褥瘡の症状はさまざまだ。褥瘡を防ぐためには、動かない下半身の姿勢を定期的に動かさなければいけないが、勉強に熱中すると、つい気をつけるのを忘れてしまう。

幻肢痛《げんしつう》にも悩まされた。麻痺してなにも感じないはずの両足に、突然、激痛が走るのだ。手足を切断した人が、ないはずの手足の痛みに苦しむというけれど、脊髄損傷でも同じことが起きる。痛みと痺れで真夜中に目を覚ますたび、自分が負うハンデの大きさを思い知らされた。

褥瘡、幻肢痛――それに加え、合併症のリスクも常についてまわる。

この先なにが起きるか、正直わからない。鮎川の生活は、常に不安と隣り合わせなのだ。だからなおさら、今この一瞬一瞬が愛おしく、輝いてみえる。今生きている自分が精一杯やらなければ、無念のうちに命を落とすことになった人に顔向けできない。

折れそうになる自分を奮い立たせ、鮎川はがむしゃらに勉強を続けた。そして念願叶って、一級建築士に合格することができた。

車イスの自分が、ここまで来られるなんて、受傷直後には思ってもみなかったことだった。

だからこそ、俺はこの仕事に、全力を傾ける。

試験に合格したとき、鮎川はそう心に決めた。

美姫とはすでに別れていて、恋人を作ることはもう二度とないと思った。大切な恋人を、自分の運命に巻き込むことは憚られるから。こんなつらい思いをするのは、自分一人で十分だ。

それなのに、つぐみが現れてしまった。

つぐみは不器用だけど、いつも真っ直ぐ俺のことを想ってくれる子だった。彼女に迷惑をかけてはいけないと、最初は一線を引こうとしたけれど、一緒にいるときに見せるつぐみの笑顔が心からのもので、こんな俺でも彼女を幸せにすることができるように思えた――。

でもそれは錯覚だった。今となっては、それが甘い幻想にすぎなかったことが分かる。

つぐみがホームから落ちたとき、何もできない自分の無力さをはっきりと悟った。しかも彼女をあそこまで追い込んだのは、他でもない俺自身だ。

愛情を盾にして、これでは彼女を潰しているのと一緒だった。

つぐみのことを大切に想うなら、やっぱり別れるべきなのかもしれない。鮎川は、そう考えるようになっていた。

鮎川は、早めに仕事を切り上げて、つぐみのお見舞いに病院へと向かった。

「鮎川くん」

病院一階でエレベーターを待っていると、背中から声をかけられた。振り返るとつぐみのお父さんが立っていた。

「ちょっといいかな」

そう言って、中庭の方を指さす。鮎川は黙って頷いた。話の内容は、だいたい想像がついた。

「つぐみは、子供のころから甘えん坊でね」

ベンチに腰を下ろしたお父さんは、普段見せていた硬い表情を緩め、そんな昔話をぽつりぽつりと語り始めた。

「あの子は、末っ子で、みんなに甘やかされて育ったのさ。一身に愛を受けて。だからとっても素直でいい娘なんだ。けれど素直ゆえに、疑うことを知らず、予期せぬことにうまく対応できない、弱いところがある」

鮎川は小さく頷いた。お父さんが言う通り、心優しい繊細な女性だと思う。

「だから、あなたを背負えるほど強い人間だとは、私にはどうしても思えないんだ」

少し震えた声を聞きながら、鮎川はこれから言われることを察して、車イスの持ち手を握りしめ、身構えた。

お父さんがすっと立ち上がり、背筋を伸ばして鮎川を見下ろした。細くなった首筋には、無数の茶色い染みが見える。

そして鮎川に向き直ると、地面に頭がつきそうなほど深く頭を下げた。

「鮎川くん。頼む、この通り！　娘と別れてくれないか」

――ああ、巻き込まなければ幸せだった人にまで、俺はこうして辛い思いをさせてしまっている。

鮎川はやりきれず、聞いていられなかったが、お父さんは続けて一気に気持ちを吐き出した。

「本当は私だって辛いんだ。あなたや親御さんの苦労を考えると、何か力になってやりたいと心から思う。だけどやっぱり私は、つぐみにだけは苦労をしてほしくないんだ。天真爛漫《てんしんらんまん》なままで、幸せに生きてほしい。私は身勝手な人間だよ、あなたに恨まれても仕方がない」

鮎川はその気持ちが痛いほどよくわかった。

川奈と一緒に仕事をし、週末出かけて、家で夕飯を共にする――どこにでもいる恋人どうしのように、同じ時間を過ごせたことの方が、奇跡だったのだろう。

夢から醒《さ》めれば、厳しい現実が待っている。鮎川は口元を引き締めた。

——本当に短い間だったけれど、夢を見せてくれて、ありがとう。一途で一生懸命な川奈がいてくれたから、俺は本当に幸せだった。

「もう頭を上げてください」

鮎川は静かに言った。しかし、つぐみのお父さんは頭を下げたままだ。

どうか、頭を上げてほしい。もう、気持ちは決まっているから。

鮎川は、息苦しいほどの罪悪感に耐えながら、頑なに頭を下げ続けるつぐみのお父さんの姿を見つめた。

——けじめをつけよう。

鮎川は決意を固め、深く静かに息を吐いた。

入院中のつぐみは、すっかり時間を持て余して、病室の外の景色を眺めていた。

先輩、今ごろ仕事中かな。今日は来てくれるかな。

気づくと、鮎川のことばかり考えている。

「川奈さん、検診です。車イスで移動しましょう」

まさか自分が車イスに乗ることになるとは思いもよらなかった。

つぐみは、介助をしてもらいながら車イスの上に移動した。これだけのことでも、腕が痛くなる。看護師に後ろから押してもらい、診察室へと向かった。

車イスから見る世界は、普段と大きく違っていた。当たり前だったことができない、もどかしい感覚――エレベーターのボタンが、こんな高い所にあるなんて。外の世界に拒絶されているようで、圧倒されてしまう。

目線が低くなるだけで、こんなにも景色が変わるなんて知らなかった。

これで外に出るなんて、考えただけで怖くなってくる。

——先輩は、この恐怖を乗り越えたんだ……。

検診を終え、つぐみは一人で診察室を出た。ロビーに出ると、ちょうど入り口あたりに鮎川の姿を見つけた。

「先輩！」

鮎川が気が付いて、つぐみに手を振った。

つぐみは、自分の車イスを一生懸命こいで、ゆっくりと鮎川のもとへ進んだ。

自力で車イスを動かすのは、まだ慣れてなくて難しい。鮎川のように、すいすいとスムーズにこぎ進めるためには、もっとたくさんの練習が必要なようだ。

「来てくれたんですね。嬉しいです」

つぐみがにっこりと微笑むと、鮎川は珍しく照れたように自分の鼻を触った。

「なんか、近いですね」

「ん？」

「目線の高さが同じだから」

同じ車イスどうしなら、見下ろしたり見上げたりしなくていい。それだけのことで、気持ちが高揚する。

すると鮎川が突然、つぐみの体を抱き寄せた。車イスに座ったまま、上半身だけを鮎川に預けるような格好になる。ここはロビーなのに人目をはばからず、鮎川は強い力でつぐみを抱きしめた。急にどうしたのだろう。

「先輩？」

「川奈」

鮎川はゆっくりと体を離すと、優しく微笑んだ。

「退院したら、二人でどっか行こうな！」

「うん！」

鮎川の笑顔を見たら、急に元気が湧いてきた。

私たちは、ずっとこうして笑っていられるだろう。この笑顔があれば――。

骨折した足が順調に回復したのち、つぐみは退院した。

しばらくは松葉杖の生活だったが、会社では清水や上垣が助けてくれ、家には母親が面倒を見に来てくれて、さほどの不自由はなく生活することができた。

他人に助けてもらうことで、ハンデを負った生活がどれほど楽になるか、精神的にどれほどありがたいか、それらを深く実感できたのは、自分が助けてもらう立場になったからだ。

だからこそ、鮎川を支えたいという気持ちは、つぐみの中でますます強くなっていた。

松葉杖をついている間は鮎川の家に通えないため、そのぶん、仕事面でこれまで以上に細かくサポートした。もう倒れたりしないように、自分の健康に気を遣うのも忘れない。この経験は、鮎川を支えていく上で必要な、神様が与えてくれた機会なんだと思えた。

そんな日々を経て、ようやくつぐみは、松葉杖なしでも歩けるようになった。これで無事に完治だ。

頑張ったお祝いにと、鮎川がデート先に選んでくれたのは、海のそばの遊園地だ。

鮎川と遠出をするのは、お盆に帰省して以来だった。何を着ようか、どんな髪形にしようか、前の晩から鏡の前で真剣に悩んだ。

久しぶりのデートに胸が高鳴る。「恋人と遊園地に行く」、こんな当たり前のことをこれほど喜ぶなんて、初めて恋人ができた少女のようだ。

週末の遊園地は、カップルや家族連れで賑わっている。つぐみは、鮎川と並んで、のんびりと園内を散策した。胸元には、江の島で鮎川からもらったネックレスが輝いている。

鮎川にもらったネックレスをつけて、鮎川の隣を歩いている――そんな自分に気が付いたら、じんわりと嬉しさがこみあげてきた。鮎川のことが、大好きだ。一緒にいるだけで、幸せでたまらない。大変なことも多いけど、それを乗り越えるたびに、より絆が深まっていくのを感じる。

買ってもらったソフトクリームを舐めながら、つぐみはそっと鮎川を見た。

この先何があっても、先輩の隣で、こうして笑っていたい。吉岡さん夫婦みたいに、自然体で。

日が暮れてきた。遊び疲れて、そろそろ帰ろうかという時。

「川奈、最後にあれ乗ろうよ」

そう言って鮎川が指さしたのは、カラフルに煌めき始めた観覧車だ。相当な高さがあり、上まで行ったら足がすくみそうだ。乗り場を見に行くと、バリアフリーで車イスのまま乗り込むことができるようになっている。

「乗りますか？」

係の人に聞かれ、つぐみと鮎川は声をそろえて答えた。

「はい、よろしくお願いします！」

係りの人は親切で、鮎川を軽々とゴンドラに乗せてくれた。

二人を乗せたゴンドラが、ゆっくりと高度を上げて、地上から離れていく。

「うわー、きれい！　海の向こう側がキラキラ光って見えますよ」

「本当だ。俺もそっちに座っていいか」

鮎川は車イスからつぐみの隣の席へと、腕を突っぱって移動すると、つぐみに肩を寄せ手を握ってくれた。つぐみはふいに安堵を覚え、鮎川の肩に頭を乗せて、うっすら目を閉じた。夜景を見なければもったいないが、今はそれよりも二人だけの空間をこうして味わっていたい。

「最近よく夢を見るんだ」

鮎川が意外なことを言った。

「夢？」

「うん。夢の中の俺は、両足で立って、車イスじゃ辿り着けないような高い場所に上って、川奈と一緒に頂上からの景色を眺めてる」

頂上からの景色、と聞いてつぐみが思い出したのは、鮎川と一緒に江の島へ行った時のことだった。あの時、鮎川は、頂上まで登りきれなかったことを申し訳なさそうにしていた。だから高い所へ昇る観覧車に誘ってくれたのだろうか。

鮎川は、握った手にきゅっと力を込めて続けた。

「事故のすぐあとは、歩ける夢をよく見たけど、最近は見てなかった」

鮎川の声がかすかに震えているような気がして、つぐみは顔を向けた。

「でも、川奈といると本当に楽しくて。幸せを感じるほど、想像する。歩ければできたはずのことを。歩ければ一緒に見れたはずの景色をね」

「……先輩？」

鮎川は、いつものように微笑むと、声を明るくした。

「川奈、今日はありがとう。俺の最高の思い出だ」

「また来ようよ。ね」

鮎川はつぐみの顔を見ずに、かといって外の風景にも目もくれず、座席に深くもたれて虚空を見つめている。

「川奈が描いた桜の木と体育館の絵、もう一回見たかったな。戻りたいよ、あの頃に。あの頃の体のままで、もう一度、川奈に再会できたら」

鮎川の横顔が切なく歪んでいるのに気づき、つぐみは突如不安にかられた。

——先輩、どうして今、そんな話をするの？　絵なんて、いつだって見せられるよ。

戸惑うつぐみを、鮎川は強く胸に抱き寄せた。

「悔しいんだ！　川奈にしてあげられることが、あまりにも少なくて、つらいよ。ホームから落ちた時だって、俺が立ち上がって手を伸ばせていたら。俺は川奈を傷つけて、どんどん不幸にしてく」

鮎川の涙が、つぐみの頬を濡らした。

つぐみは抱きしめられながら、まるで放心したように体に力が入らなかった。鮎川が何を言っているのか分からない。

「だから、だから今日で最後だよ」

そう言って鮎川は、ゆっくりと、つぐみの身体を離した。

両目ににじんだ涙を拭うと、顔を歪めながら淡く微笑んでみせる。

今日で最後。

つぐみは小さく首を振った。

最後なんていやだ。

これでおしまいなんていやだ。

そう強く思うのに、のどが塞がれてしまったように言葉が出てこない。気が付いたら、つぐみは、はらはらと涙を流していた。

「川奈のこと、すごく大切に思ってる。だから川奈は、自分の人生を大切にしてくれ。今までありがとう」

視界が、涙ににじんだ。鮎川の目も赤い。

「やだ」

離れたくないとつぐみは鮎川に抱きついたが、鮎川はつぐみをそっと押し戻した。

「別れよう」

「……やだ」

嗚咽《おえつ》が漏れて、そこからは言葉にならなかった。

——こんなに。

こんなに先輩のことが好きなのに、どうして？　どうして私たちは一緒にいられないの？　どうして先輩までそんなこと言うの？

これで終わりなんて、そんなこと、絶対に——。

「……やだ……やだ……先輩……やだ……」

つぐみは、子供のように泣きじゃくって、鮎川にすがりついた。

観覧車はゆっくりと下降して、静かに地上へと近づいていた。

あの遊園地の日から、三ヵ月ほどたった頃だった。

つぐみは自分のデスクで、サンプルの布地とにらめっこしていた。デザインパースを見ながら、新規オープンのレストランに合いそうなカーテンの柄を絞っていく。

「川奈、こないだの壁の色、確認とれた？」

上垣に声をかけられ、つぐみは頷いて答えた。

「いただいた返信を転送しておきます。床の材質もＯＫだそうです」

上垣は「頼もしい」とつぐみの肩をパンと叩いた。

「すっかり仕事人間になっちゃって」

清水もからかいまじりに言う。

つぐみは、困ったように、苦笑いを返した。

確かに、最近、自分から望んで仕事を増やしている。仕事に打ち込んでいる間は、鮎川とのことを忘れていられるからだ。

私たち、どうしていれば別れずにすんだんだろう？

どんなふうに、この恋に向き合えばよかったんだろう？

仕事中でも気を抜くと、つい鮎川のことを考えてしまい気持ちが沈む。

——川奈にしてあげられることが、あまりにも少なくて、つらい。

鮎川は観覧車の中で、つぐみにそう告げた。

だけど、つぐみは、鮎川になにかをしてほしいわけじゃなかった。一緒にいてくれれば、それだけで幸せだったのに。ちゃんと伝えるべきだった。今がこんなに幸せだって、鮎川に伝えられていれば。

何を考えても、もう遅い。鮎川はつぐみとの別れを決めてしまった。後悔だけが頭の中をいつまでもめぐっている。

その晩、是枝から電話が入った。

「たまたまそっちの近くに来てさ。メシでもどうかなと思って」

「今晩なら大丈夫！」

鮎川とつぐみが別れてしまったことは、是枝も知っている。落ち込んでいるつぐみを、元気づけようと誘ってくれたのだろうか。

二人はセンスのいい和食店に入った。是枝が選んでくれた料理は、どれもすごく美味しくて、ぱくぱくと遠慮せずに食べ、飲んだ。そんなつぐみを「心配して損したよ」と是枝は笑って見ている。

お手洗いに行って戻ってくると、是枝はすでに会計を済ませていた。

「もう、ワリカンでいいって言ったでしょ！」

「じゃ、次おごってくれよ。銀座の高級店の鮨とか」

ははは、と是枝は酒で赤くなった頬を緩めた。

店を出るとほどよく温まった体に、ひんやりとした外気が心地よく感じる。

「お鍋、おいしかったね。締めのお雑炊、最高だったなぁ。一人暮らしだとさ、なかなかお鍋食べないから」

駅前の歩道橋を歩きながら、つぐみはのんびりと言った。

「うん、そうだね」

「ごちそうさまでした」

ぺこりと頭を下げたつぐみの方を見て、是枝が言う。

「川奈、大丈夫？」

「うん、全然平気。今日はそんなに飲んでないから」

「じゃなくて。カラ元気って感じだよ」

つぐみは真顔になって苦笑いした。

「……是枝くんって、昔っからそうだよね」

「え？」

「察しがいいって言うか。ほら高校の時もさ、私が描いた絵を捨てようとしたとき、止めてくれたでしょ」

「ああ」

そんなこともあったな、というように、是枝がぼんやりと頷いた。

つぐみが高校生の時に展覧会に出した、桜の木と体育館の絵。

実はつぐみは、一生懸命に描いたあの絵を、一度捨てようとした。

あれは、やっと絵を完成させた翌朝のことだった。つぐみは校門の前で、美姫と手をつないで登校する鮎川の姿を見つけ、二人が付き合っていることを初めて知ったのだ。憧れの人を想いながら描いた絵が、急に何の価値もないように見えた。

私ってなんてバカなんだろう。

こんな絵も捨ててしまおうと思い立ち、ゴミ捨て場まで運んだ。キャンバスを引き裂いてしまいたい衝動に駆られたその時。

ゴミ捨て場にやってきたのが、是枝だった。是枝も人に見せられない何かを抱えて、こっそり捨てに来たのだ。

「おい、なにしてんだよ！　せっかく描いた絵、捨てんのか!?」

是枝はつぐみを叱り飛ばすと、絵を拾い上げて、表面についたゴミを払った。

つぐみは気まずくて、顔を背けて無言でその場から走り去った。

その日の放課後、美術部の部室に行くと、捨てたはずの絵が壁に立てかけてある。

是枝が、わざわざ運んでくれたのだ。

あの時、ゴミ捨て場に来た時の是枝くん、絶妙のタイミングだった。

当時の気持ちを思い出し、つぐみはなつかしく目を細めた。

捨てようとしていた絵を、思い直して展覧会に出品する気になれたのは、是枝のおかげだ。

「あの絵、先輩に贈ろうと思って描いてたの。でも、勝手に失恋して虚しくなって、自分が嫌いになって、捨てようとしてた。バカでしょ。是枝くんが止めてくれたから、あの絵は賞をとれたんだよ」

「まだ、落ち込んでる？」

是枝が静かに尋ねた。

「先輩と付き合ってるとき、ずっと考えてたの。どうやったら支えられるのかな、とか、先輩の痛みを癒せるのかなって。でも出来るわけなかった」

そう言うと、つぐみは、足元に視線を落としてつぶやいた。

「重荷になってたから、私が」

つぐみの父が脳梗塞《のうこうそく》で倒れたと連絡があったのは、それからすぐのことだった。

連絡をもらって、急いで松本の病院に向かった。

幸い術後の経過はとてもよかった。意識の戻った父と病室で対面したのは、手術から二日後のこと。つぐみはしばらく仕事を休んで、松本の実家で家族と過ごすことにした。

「おはよう、お父さん。調子どう？」

「ああ、まあまあだね」

相変わらず父は言葉少なだ。そんないつも通りの父の姿に、かえって安心させられた。

晴れた日の午後のこと。つぐみは縁側に新聞紙を引いて、父の足の指の爪を切ってあげていた。

「つぐみが帰って来てくれて、本当に助かったわ」

洗濯物を畳みながら、母が声をかける。

「だってお父さんの娘だもん。何かあった時は頼ってね。お父さん、あとで薬を忘れずに飲んでよ」

爪を切る手を休め、父を見つめる。

「ああ」

父は外を眺めながら、のんびりとつぶやいた。

仕事をしばらく休むことは、つぐみにとっても良い休養になっていた。

東京を離れ、家族と過ごしていると、正直ほっとする。

だけど、ふとした瞬間に頭をよぎるのは、やっぱり鮎川のことだった。

――川奈が描いた桜の木の絵、もう一回見たかったな。

別れを切り出された日、鮎川に言われたことを急に思い出す。

あの絵、まだあるのかな。

なんだか懐かしくなって、つぐみは押し入れの扉を開けた。埃をかぶっているかと思ったが、母はきちんとカバーをかけて、あの絵を保管しておいてくれた。

桜の木と体育館の絵。

そういえば前に先輩が、展覧会でこの絵を見たって、言ってたっけ。それを知ったときは嬉しかったけど、でも、あの頃の私は、先輩を展覧会に誘えるような関係ではなかった。それなのに、どうして来てくれたんだろう？

今さら気になったが、もう直接尋ねることはないだろう。

高校時代を思い出したら、なんだか当時が懐かしくなって、つぐみは母校の校舎を見に行ってみることにした。

日曜日だから、校門は閉まっていたけれど、敷地の外から見る体育館は記憶の通りだった。桜の木も、変わっていない。まるで時間が止まったように、あの時のまま。

まぶたを閉じると、体育館でバスケをしている鮎川の姿が蘇ってくる。コートを駆けまわり、パスをもらってシュートする主将の鮎川を、いつもの体育館の入り口の陰から見ていた。

先輩、今どうしていますか？

つぐみは心の中で、鮎川に語りかけた。

――私は、先輩と出会った高校に来ています。体調どうですか？　無理してないですか？　笑顔でいますか？　先輩……会いたいです。

涙がにじみそうになって、つぐみはきゅっと唇を引き結んだ。別れてもう三ヵ月が経つというのに、今も心の中には鮎川がいて、つぐみは前に進めずにいる。

体育館を眺めていると、ポケットの中でスマホが着信した。是枝からだ。

「あ、もしもし、川奈？」

聞こえてきた声に、つぐみは思わず、ふふ、と笑みをもらしてしまった。

「え？　何？」

是枝が戸惑ったように聞き返す。

「今、高校に来てるの。是枝くんに救われたあの絵を見たら、急に懐かしくなって。だから、相変わらずタイミングいいなあと思って」

「へえ。さすが俺！」

是枝が冗談めかして言う。

「いろいろ、思い出しちゃって」

つぐみがぽつりとつぶやくと、是枝はぎこちなく「先輩のこととか？」と聞いた。

「うん」

「俺はさ、いつでも、川奈の味方だから。無理すんなよ」

「ありがと」

体育館を見つめながら、つぐみはゆっくりと言った。

——味方でいてくれるという、是枝くんの気持ちはとてもとてもありがたい。でも私はきっと、この先もずっと、先輩を忘れられない。

電話を切り、何度も通った通学路を、つぐみはことさらにゆっくりと歩いた。

鮎川が美姫と歩いているのを見かけて、ショックを受けたのはこの辺りだ。それでもあきらめられなくて、いつも鮎川の背中を遠くから見ていた。

思い出すのは、鮎川のことばかり。今も昔も、つぐみの頭の中は鮎川でいっぱいだ。

家の近くまで来たところで、また電話が鳴った。是枝が何かを思いついて、再び電話をかけてきたのだろう。

しかし着信表示を見ると、ヘルパーの長沢からだった。

嫌な予感がした。鮎川に何かあったときのためにと、以前に電話番号を交換したのだが、連絡が来るのは初めてだ。

「もしもし」

「もしもし、川奈さん」

電話口から飛び込んできた長沢の声は、切羽詰まっていた。

「長沢です、突然ごめんなさい。樹くんのことで」

「どうかしたんですか？」

つぐみは実家に駆け戻り、大急ぎで最低限の荷物をまとめた。

早く、早く、早く……！

「今から、東京に行ってくる」

居間にいた両親にそう告げると、両親はそろって顔を見合わせた。

「鮎川くんか？」

父に尋ねられ、正直に頷いた。

「手術があるって。それも大変な手術らしくて」

長沢から電話でそのことを聞いて、つぐみは携帯を取り落としそうになった。

鮎川の病状は深刻で、すぐに手術を受けなければ命に関わるらしい。しかも、何時間もかかる難しい手術だという。

鮎川に、万一のことがあったら。そう考えたら、いてもたってもいられなかった。

「私、行かないと後悔すると思う」

つぐみは力強く告げた。一刻も早く、鮎川の所に行きたかった。そばにいて、支えたい。苦しんでいる鮎川の助けになりたい。

「つぐみ……」

母が、困惑したようにつぶやくと、父が強張った顔で切り出した。

「父さんな、鮎川くんに、お前と別れてくれと頼んだ」

つぐみは、はっと息をのんだ。

え……？

「つぐみに黙っていたのは卑怯だったかもしれないが、鮎川くんに頼んだことは今でも間違っていないと思っている。娘の幸せを願うのは親として当然のことだ。でも、な」

父は話を区切ると、控えめに微笑んで続けた。

「自分が脳梗塞をやって、ようやく分かったこともある」

そう言って、つぐみの目を真っ直ぐ見つめた。

「今を大事にする。今、目の前のことに一生懸命取り組むべきだってな。後悔したときには、もう遅いことがたくさんある。だからつぐみ、恋人とのことは、あとは自分自身で決めなさい」

父の口調は優しかったが、自分が選び取った道からけして逃げ出すな、という意味がこもった厳しい言葉に聞こえた。

「お父さん、私もこの一年、いろいろなことがあった中で分かったことがあるの」

つぐみは澄んだ瞳を大きく開いた。

「みんな日々大変なことを乗り越えようと、精一杯に生きてる。人に迷惑をかけないように、周りの人の足を引っ張らないようにって。でも、みんな一人じゃないんだよ。楽しい時だけじゃなく、辛い時も、一緒に頑張って行ければいいんじゃない？」

そうだ。そうなのだ。つぐみは自分の言葉を反芻する。

「誰かを頼って自分の弱いところを見せるのって、すごく勇気がいることだよね」

どんな人だって完ぺきではない。

完ぺきな家族、完ぺきな恋人、完ぺきな友達なんていない。

でも、あなたの側にいて、あなたを心から大切に思っている人がいる——。

「まだ子供だとばかり思っていたのに、お前も大人になったなあ」

父がつぐみを見て、くすぐったそうに目を細めながらゆっくり頷く。

つぐみも笑みを返し、旅行用バッグを摑んだ。

「行ってくるね。東京に」

つぐみはもどかしい思いで、新幹線に飛び乗った。

こうしている間にも、鮎川が激しい苦痛と戦っているのだと思うと、ずきんと胸が痛んだ。病院までの道のりが、もどかしくて仕方ない。

――神様、お願いします。

先輩を助けてください。お願いします……！

何度も、心の中でそう祈った。

ようやく病院に着いた時には、すでに手術は始まっていて、手術室の扉は重く閉ざされていた。

待合室には、椅子に座った鮎川の母、その横に長沢と渡辺が不安げな顔で立っていた。

「つぐみさん、来てくれたのね」

鮎川のお母さんが疲れた顔で立ち上がった。

「先輩は？」

長沢が手術室の方を向く。

「今、頑張ってる」

つぐみは、真っ白な手術室の扉を見つめた。武者震いするような気持ちだった。

「鮎川さんのご家族の方ですね。少しこちらでお話させていただけますか」

手術室から出て来た看護師が、お母さんに声をかけると、手術室へ促した。

「長沢さん。電話、ありがとうございました」

「これ」

長沢はショルダーバッグから白い封筒を出すと、つぐみに差し出した。

「樹くんから。もしもの時に、あなたに渡して欲しいって頼まれていて」

先輩が、私に？

つぐみは、受け取るのが怖いような気持ちで、封筒に手を伸ばした。

長沢と渡辺から離れたところに移動して、封を切る。

中には、便せんが二枚。

見慣れた筆跡の文字が、並んでいた。

川奈へ

俺は明日、手術を受ける。

成功する確率は決して高くない。

もう会えないかもしれない。そう思ったら、どうしても伝えておきたくて、手紙を書いています。


手紙を持つ手が震えた。

「もう会えないかもしれない」という一文がつぐみの胸を抉る。それと同時に、高校時代、陰ながら応援し、憧れていたころの鮎川の姿が、頭の中によみがえってきた。

バスケ部の練習に打ち込んでいた姿。

放課後、図書室で建築書を読みふけっていた横顔。

鮎川のことが好きだった。あのころから、今でも、ずっと。

つぐみは、一度目を閉じ、大きく息を吸ってから、手紙の続きを読み進めた。


高校の時の俺は、未来に夢とか希望しかなかった。自分は何にだってなれる。そんな自信があった。

でも、事故にあってからは誰かの助けがないと、普通の生活すら送れなくなった。

周りに迷惑をかけてばかりの自分が嫌で、毎日が苦痛だった。

それでも、たくさんの人に支えられて、少しずつ前へ進むことが出来た。

でも、そんな周りに対しても、やっぱり俺はいつもどこかで心に壁を作っていた。

そんな時に、川奈と再会した。

川奈は、昔と変わらず不器用で、真っ直ぐに、俺にぶつかってきてくれた。壁を壊してくれた。

川奈といると、俺は昔みたいに笑えた。

幸せだった。こんな日が来るとは思ってもいなかったよ。

川奈のおかげだ。本当に感謝してる。

川奈、ありがとう。

もし、もう一度川奈に会うことができたら、一緒にあの桜を見に行きたい。


つぐみは、手紙から目を離した。

思い出すのは、鮎川と再会してからの日々のこと。

居酒屋で再会した鮎川が車イスに乗っているのを見たときは、正直驚いた。でも鮎川は、自分の力でハンデを乗り越えて、一級建築士になるという夢を叶えていた。

逆境にも折れない鮎川の姿は、なんだかまぶしかった。障がいを負っても、先輩は先輩だ。そう思えた。

鮎川と再会してからは、毎日楽しかった。

鮎川の仕事を手伝えるのが、嬉しくて仕方がなかった。

初めて褥瘡の傷を見たときは、すごく心配したけれど、ベッドの上で仕事を続ける鮎川の姿に心を打たれもした。それから、二人で一緒に遊びに行くようになって、ついに恋人になって、初めてのデートで江の島に行ったときは、きれいな景色を隣で見られて、すごく嬉しかった。

先輩じゃなきゃ、だめなのに。

それなのに、どうして、離れたりしたんだろう。

手紙を持つ手がふるえて、つぐみは、嗚咽を漏らした。

もう一度、先輩に会いたい。

あのちょっと垂れ目の優しいまなざしで、私のことを見てほしい。いつもみたいに、私の名前を呼んで、笑いかけてほしい。

声が聞きたい。会って、話がしたい。

つぐみは、手紙を封筒にしまうと、涙をぬぐった。

手術が終わったら、もう一度、私の気持ちを伝えよう。

そう心に決め、手術室の前へと戻る。

絶対に、先輩ともう一度、あの校庭に咲いた桜の木を見に行こう。

だから神様、お願いします。

どうか、先輩が、無事にこの手術を乗り越えられますように——。

満開の桜が、風に揺れている。

つぐみは一人、校庭に立って桜の花を見上げていた。

「懐かしいな」

背後で声がして、振り返る。

鮎川が、ゆっくりと車イスをこいでくるところだった。

「変わんないな、ここは。川奈、いつもこの辺で絵を描いてたよな」

そう言って、鮎川は桜を見上げた。淡いピンク色の花びらが、ゆっくりと降りてきて、車イスのタイヤに貼りついた。

先輩が隣にいて、一緒に桜を見ている。

たったそれだけのことが、つぐみには、途方もない奇跡のように感じられた。

困難な手術を乗り越えて、鮎川が退院したのは、つい先週のことだ。そして、手紙の約束通り、鮎川はつぐみを、母校の桜の木を見に連れてきてくれた。

「先輩、展覧会に、私の絵を見に行ったって言ってましたよね。どうして来てくれたんですか？」

「いつも気になってたから」

「えっ」

つぐみがポッと頬を染めて手で口元を覆ったのを見て、鮎川はふっと笑う。

「いや、体育館の窓から、怖いぐらいに真剣な表情の女子が見えてさ。一体なにを描いているのか気になっていただけだよ」

つぐみは恥ずかしさにますます赤面して、笑う鮎川の腕をポンと叩く。鮎川は、また真顔に戻って話し出した。

「川奈が描いた、体育館と桜の絵——あの絵には、俺の三年間の高校生活のすべてが詰まっているように見えた。見てるだけで、いろんなことが思い出された。俺にとっては、すべてが大切な思い出だ。すごく気持ちのこもった絵だと思った。描いてくれた川奈に、ありがとうって言いたかったよ……あの絵、大好きだった」

「あの絵は、先輩がいたから描けたんですよ」

落ちてくる桜の花びらを手のひらで受け止めて、つぐみは静かに言った。

「私、この前、先輩と江の島に行く夢を見たんです。そこから見える景色は海も空も本当に真っ青で、先輩も私も笑ってて。夢の中の先輩はね、車イスだったよ」

鮎川は、歩けるようになる夢ばかり見ると言っていたけど。

つぐみの夢の中では、鮎川は当たり前のように、車イスに乗っている。車イスに乗って、つぐみと一緒にいてくれて、それでつぐみは充分すぎるほど幸せだった。

「私は、今の先輩が好き。今の先輩が大切なんです」

「川奈……」

鮎川が、つぐみを見あげる。

その目の奥はやわらかく、落ち着いていた。

「もう最後かもしれないって覚悟したとき、川奈のことばかり頭に浮かんだんだ。川奈といられること、その時間は俺にとって特別だった。改めて気づいたんだ。二人でいられるなら、それだけで世界は完ぺきだって」

桜の花びらが、二人の間をひらひらと舞う。

鮎川は背筋を伸ばして、決意に満ちた表情で、つぐみを見上げた。

「これからもいろんなことがあると思うけど、俺は川奈と一緒に生きていきたい。だから、結婚しよう」

「……はい」

つぐみはささやくように頷くと、しゃがみこんだ。目線が同じになった鮎川の顔に唇を寄せ、そっとキスをする。

つぐみからキスをしたのは、初めてだ。

やわらかな風が吹いて、桜の花びらが一斉に舞い上がった。無数のピンク色が、祝福するかのように優しく二人を包み込む。

桜の木と、体育館。

二人は、高校生の頃につぐみが描いたあの絵と、同じ風景の中にいた。

あの頃、つぐみは、鮎川に片思いをしていた。だけど、告白する勇気はなかったし、先輩には彼女がいた。

だから、こんなふうに先輩と並んで桜の木を見られる日が来るなんて、思ってもみなかった。

今日だけじゃない。これからは、先輩と、ずっと一緒にいられる。

そう思ったら、視界がふいに涙で滲んだ。目頭がじんとしびれて熱くなる。

鮎川が、あきれたように笑って、つぐみの頬をぬぐってくれた。そんなさりげない優しさも、頬に触れる指の感触も、やわらかい笑顔も、先輩のなにもかもが好きで好きでたまらない。

涙は、あとからあとから溢れてきて、どうしようもなかった。たくさん遠回りしたけれど――やっと、ずっと来たかった場所に来ることが出来たんだ。


あの日、車イスに乗った初恋の人に再会した奇跡を思う。

二十四歳のつぐみは、鮎川に再び恋をした。

そして――これから新しい人生を、二人で歩み始めるのだ。

待っているのは、平坦な道ばかりじゃないかもしれない。だけど、どんな壁にぶつかっても、先輩となら、きっと乗り越えていける。

先輩と別れて一人になってみて、私は初めて、先輩のかけがえのなさに気が付いた。

先輩が好き。それが全てだ。

つぐみは、満ち足りた気持ちで、微笑む鮎川を見つめた。

誰より強くて、優しくて、そこにいるだけで私を幸せにしてくれる人。

この人と、もう二度と離れたりしない。

私には、先輩より大切なものなんて何一つないんだから。

完ぺきな恋なんてない。
この世界は不完全——あなたが、いなければ。

本書は、映画「パーフェクトワールド　君といる奇跡」（原作・有賀リエ　脚本・鹿目けい子）を原案として、著者が書き下ろした小説です。

|著者|有沢ゆう希　静岡県生まれ。早稲田大学文学部卒業。出版社勤務を経て、現在は作家として活動中。主な著書に『小説 ちはやふる 上の句』『小説 ちはやふる 下の句』『小説 ちはやふる 結び』『小説 となりの怪物くん』『恋と嘘 映画ノベライズ』など。2018年、『カタコイ』で第1回青い鳥文庫小説賞金賞を受賞。

|原作|有賀リエ　長野県出身。漫画家。『天体観測』で「Kissゴールド賞」を受賞し、デビュー。代表作に大学天文学部を描いた『オールトの雲から』がある。『パーフェクトワールド』は、国内のみならず海外にも広がり、世界10ヵ国で翻訳出版。フランスの老舗漫画雑誌『Animeland』にて編集部セレクション／一般投票ともに2016年ベスト少女漫画を受賞。

小説《しょうせつ》　パーフェクトワールド　君《きみ》といる奇跡《きせき》

有沢《ありさわ》ゆう希《き》｜原作　有賀《あるが》リエ

講談社文庫

定価はカバーに表示してあります

2018年8月10日第1刷発行
2019年6月7日第5刷発行

発行者——渡瀬昌彦
発行所——株式会社　講談社
東京都文京区音羽2-12-21　〒112-8001
電話　出版（03）5395-3510
　　　販売（03）5395-5817
　　　業務（03）5395-3615

Printed in Japan

デザイン—菊地信義
本文データ制作—講談社デジタル製作
印刷———大日本印刷株式会社
製本———株式会社国宝社

ISBN978-4-06-512778-0

講談社文庫刊行の辞

二十一世紀の到来を目睫に望みながら、われわれはいま、人類史上かつて例を見ない巨大な転換期をむかえようとしている。

世界も、日本も、激動の予兆に対する期待とおののきを内に蔵して、未知の時代に歩み入ろうとしている。このときにあたり、創業の人野間清治の「ナショナル・エデュケイター」への志を現代に甦らせようと意図して、われわれはここに古今の文芸作品はいうまでもなく、ひろく人文・社会・自然の諸科学から東西の名著を網羅する、新しい綜合文庫の発刊を決意した。

激動の転換期はまた断絶の時代である。われわれは戦後二十五年間の出版文化のありかたへの深い反省をこめて、この断絶の時代にあえて人間的な持続を求めようとする。いたずらに浮薄な商業主義のあだ花を追い求めることなく、長期にわたって良書に生命をあたえようとつとめるところにしか、今後の出版文化の真の繁栄はあり得ないと信じるからである。

同時にわれわれはこの綜合文庫の刊行を通じて、人文・社会・自然の諸科学が、結局人間の学にほかならないことを立証しようと願っている。かつて知識とは、「汝自身を知る」ことにつきていた。現代社会の瑣末な情報の氾濫のなかから、力強い知識の源泉を掘り起し、技術文明のただなかに、生きた人間の姿を復活させること。それこそわれわれの切なる希求である。

われわれは権威に盲従せず、俗流に媚びることなく、渾然一体となって日本の「草の根」をかたちづくる若く新しい世代の人々に、心をこめてこの新しい綜合文庫をおくり届けたい。それは知識の泉であるとともに感受性のふるさとであり、もっとも有機的に組織され、社会に開かれた万人のための大学をめざしている。大方の支援と協力を衷心より切望してやまない。

一九七一年七月

野間省一

天祢　涼　都知事探偵・漆原翔太郎〈セシューズ・ハイ〉
麻見和史　石の繭〈警視庁殺人分析班〉
麻見和史　蟻《あり》の階段〈警視庁殺人分析班〉
麻見和史　水晶の鼓動〈警視庁殺人分析班〉
麻見和史　虚空の糸〈警視庁殺人分析班〉
麻見和史　聖者の凶数〈警視庁殺人分析班〉
麻見和史　女神の骨格〈警視庁殺人分析班〉
麻見和史　蝶の力学〈警視庁殺人分析班〉
麻見和史　雨色の仔羊〈警視庁殺人分析班〉
麻見和史　深紅の断片〈警防課救命チーム〉
赤坂憲雄　岡本太郎という思想
有川　浩　三匹のおっさん
有川　浩　三匹のおっさん　ふたたび
有川　浩　ヒア・カムズ・ザ・サン
有川　浩　旅猫リポート
青山七恵　わたしの彼氏
青山七恵　快楽
荒崎一海　無流心月剣〈宗元寺隼人密命帖㈠〉
荒崎一海　幽霊の足〈宗元寺隼人密命帖㈡〉

荒崎一海　名花散る〈宗元寺隼人密命帖㈢〉
荒崎一海　江都落涙〈宗元寺隼人密命帖㈣〉
荒崎一海　門前仲町〈九頭竜覚山　浮世綴㈠〉
荒崎一海　蓬萊橋雨景〈九頭竜覚山　浮世綴㈡〉
荒崎一海　寺町哀感〈九頭竜覚山　浮世綴㈢〉
浅野里沙子　花篝《はなかがり》　御探し物請負屋
朱野帰子《かえるこ》　駅物語
朱野帰子　超聴覚者七川小春〈真実への潜入〉
東　浩紀　一般意志2・0〈ルソー、フロイト、グーグル〉
朝倉宏景　白球アフロ
朝倉宏景　野球部ひとり
朝倉宏景　つよく結べ、ポニーテール
安達　瑶　奈落の花〈堕ちたエリート〉
朝井リョウ　スペードの3
朝井リョウ　世にも奇妙な君物語
足立　紳　弱虫日記
有沢ゆう希／ムサヲ 原作　恋と嘘〈映画ノベライズ〉
有沢ゆう希／末次由紀 原作　〈小説〉ちはやふる　上の句
有沢ゆう希／末次由紀 原作　〈小説〉ちはやふる　下の句

有沢ゆう希／末次由紀 原作　〈小説〉ちはやふる　結び
有沢ゆう希／ろびこ 原作　〈小説〉となりの怪物くん
有沢ゆう希　小説 パーフェクトワールド〈君といる奇跡〉
蒼井凜花　女唇《ルージュ》の伝言
秋川滝美　幸腹《こうふく》な百貨店
東　芙美子／原作 雲田はるこ／脚本 羽原大介　小説 昭和元禄落語心中
赤神　諒　神遊の城
彩瀬まる　やがて海へと届く
五木寛之　ソフィアの秋
五木寛之　狼のブルース
五木寛之　海峡物語
五木寛之　風花のひと
五木寛之　鳥の歌(上)(下)
五木寛之　燃える秋
五木寛之　真夜中の望遠鏡〈流されゆく日々'78〉
五木寛之　ナホトカ青春航路〈流されゆく日々'79〉
五木寛之　旅の幻燈
五木寛之　他力
五木寛之　こころの天気図

講談社文庫　目録

五木寛之　新装版 恋　歌
五木寛之　百寺巡礼 第一巻 奈良
五木寛之　百寺巡礼 第二巻 北陸
五木寛之　百寺巡礼 第三巻 京都Ｉ
五木寛之　百寺巡礼 第四巻 滋賀・東海
五木寛之　百寺巡礼 第五巻 関東・信州
五木寛之　百寺巡礼 第六巻 関西
五木寛之　百寺巡礼 第七巻 東北
五木寛之　百寺巡礼 第八巻 山陰・山陽
五木寛之　百寺巡礼 第九巻 京都II
五木寛之　百寺巡礼 第十巻 四国・九州
五木寛之　海外版 百寺巡礼 インド1
五木寛之　海外版 百寺巡礼 インド2
五木寛之　海外版 百寺巡礼 朝鮮半島
五木寛之　海外版 百寺巡礼 中　国
五木寛之　海外版 百寺巡礼 ブータン
五木寛之　海外版 百寺巡礼 日本・アメリカ
五木寛之　青春の門 第七部 挑戦篇
五木寛之　青春の門 第八部 風雲篇

五木寛之　親鸞 青春篇 (上)(下)
五木寛之　親鸞 激動篇 (上)(下)
五木寛之　親鸞 完結篇 (上)(下)
井上ひさし　モッキンポット師の後始末
井上ひさし　ナ　イ　ン
井上ひさし　四千万歩の男 全五冊
井上ひさし　四千万歩の男 忠敬の生き方
井上ひさし　ふ　ふ　ふ
井上ひさし　ふ　ふ　ふ　ふ
井上ひさし　黄金《きん》の騎士団 (上)(下)
井上ひさし　一分ノ一 (上)(中)(下)
井上ひさし
司馬遼太郎　新装版 国家・宗教・日本人
池波正太郎　私　の　歳　月
池波正太郎　よい匂いのする一夜
池波正太郎　梅安料理ごよみ
池波正太郎　わが家の夕めし
池波正太郎　新装版 緑のオリンピア
池波正太郎　新装版 殺しの四人 〈仕掛人 藤枝梅安(一)〉
池波正太郎　新装版 梅安蟻地獄 〈仕掛人 藤枝梅安(二)〉

池波正太郎　新装版 梅安最合傘 〈仕掛人 藤枝梅安(三)〉
池波正太郎　新装版 梅安針供養 〈仕掛人 藤枝梅安(四)〉
池波正太郎　新装版 梅安乱れ雲 〈仕掛人 藤枝梅安(五)〉
池波正太郎　新装版 梅安影法師 〈仕掛人 藤枝梅安(六)〉
池波正太郎　新装版 梅安冬時雨 〈仕掛人 藤枝梅安(七)〉
池波正太郎　新装版 忍びの女 (上)(下)
池波正太郎　新装版 殺しの掟
池波正太郎　新装版 抜討ち半九郎
池波正太郎　新装版 娼婦の眼
池波正太郎　近藤勇白書 (上)(下) 〈レジェンド歴史時代小説〉
井上　靖　楊　貴　妃　伝
石牟礼道子　新装版 苦海《がい》浄土《じょうど》 〈わが水俣病〉
今西祐行　肥後の石工
いわさきちひろ　ちひろのことば
松本　猛
いわさきちひろ　いわさきちひろの絵と心
いわさきちひろ
絵本美術館編　ちひろ・子どもの情景 〈文庫ギャラリー〉
いわさきちひろ
絵本美術館編　ちひろ・紫のメッセージ 〈文庫ギャラリー〉
いわさきちひろ
絵本美術館編　ちひろの花ことば 〈文庫ギャラリー〉
いわさきちひろ
絵本美術館編　ちひろのアンデルセン 〈文庫ギャラリー〉

講談社文庫　目録

乾　荘次郎　夜　襲〈鴉《からす》道場日月抄〉
乾　荘次郎　介　錯〈鴉《からす》道場日月抄〉
石田衣良　LAST［ラスト］
石田衣良　東京DOLL
石田衣良　てのひらの迷路
石田衣良　40《フォーティ》　翼ふたたび
石田衣良　sex
石田衣良　逆《さか》島《しま》断《たつ》雄《お》〈進駐官養成高校の決闘編1〉
石田衣良　逆島断雄〈進駐官養成高校の決闘編2〉
井上荒野　ひどい感じ―父・井上光晴
井上荒野　不恰好な朝の馬
飯田譲治 梓河人　黒　帯
稲葉　稔　椋鳥の影〈八丁堀手控え帖〉
池永　陽　風を断つ
池永　陽　炎《えん》を薙《な》ぐ
井川香四郎　冬の蝶〈梟与力吟味帳〉
井川香四郎　日照り草〈梟与力吟味帳〉
井川香四郎　忍《すい》冬《かずら》〈梟与力吟味帳〉
井川香四郎　花《はな》詞《ことば》〈梟与力吟味帳〉
井川香四郎　雪の花火〈梟与力吟味帳〉
井川香四郎　鬼《き》雨《う》〈梟与力吟味帳〉
井川香四郎　科《しな》戸《と》の風〈梟与力吟味帳〉
井川香四郎　紅《くれない》の露〈梟与力吟味帳〉
井川香四郎　惻《そく》隠《いん》の灯《ひ》〈梟与力吟味帳〉
井川香四郎　三人羽織〈梟与力吟味帳〉
井川香四郎　吹《すい》花《か》の風〈梟与力吟味帳〉
井川香四郎　飯盛り侍
井川香四郎　飯盛り侍　鯛評定
井川香四郎　飯盛り侍　城攻め猪
井川香四郎　飯盛り侍　すっぽん天下
井川香四郎　御三家が斬る！
井川香四郎　御三家が斬る！〈殺しの鬼棲む妻籠宿〉
伊坂幸太郎　チルドレン
伊坂幸太郎　魔　王
伊坂幸太郎　モダンタイムス(上)(下)
伊坂幸太郎　PK
岩井三四二　逆ろうて候
岩井三四二　戦国連歌師
岩井三四二　銀閣建立
岩井三四二　竹千代を盗め
岩井三四二　一所懸命
岩井三四二　鬼《き》弾《だん》〈鹿王丸、翔ぶ〉
絲山秋子　逃亡くそたわけ
絲山秋子　袋小路の男
絲山秋子　絲的メイソウ
絲山秋子　絲的炊事記〈豚キムチにジンクスはあるのか〉
絲山秋子　ラジ&ピース
絲山秋子　絲的サバイバル
絲山秋子　北緯14度〈セネガルでの2カ月〉
石黒　耀　死都日本
石黒　耀　震災列島
石黒　耀　富士覚醒
石黒　耀　忠臣蔵異聞〈家老 大野九郎兵衛の長い仇討ち〉
石井睦美　皿と紙ひこうき
犬飼六岐　筋違い半介
犬飼六岐　吉岡清三郎貸腕帳
犬飼六岐　蛻《もぬけ》

講談社文庫　目録

石川大我　ボクの彼氏はどこにいる？
石松宏章　マジでガチなボランティア
伊藤比呂美　とげ抜き〈新巣鴨地蔵縁起〉
伊東　潤　疾《はや》き雲のごとく
伊東　潤　戦国鬼譚　惨
伊東　潤　虚《うつ》けの舞
伊東　潤　叛《はん》鬼《き》
伊東　潤　国を蹴った男
伊東　潤　峠越え
伊東　潤　黎明に起《た》つ
伊東　潤　池田屋乱刃
池田清彦　すこしの努力で「できる子」をつくる
市川拓司　吸涙鬼
石飛幸三　「平穏死」のすすめ〈口から食べられなくなったらどうしますか〉
石井光太　感染宣告〈エイズウィルスに人生を変えられた人々の物語〉
磯崎憲一郎　赤の他人の瓜二つ
池田邦彦　カレチ　車掌純情物語 1
池田邦彦　カレチ　車掌純情物語 2
池田邦彦　カレチ　車掌純情物語 3

岩明　均　文庫版寄生獣 1
岩明　均　文庫版寄生獣 2
岩明　均　文庫版寄生獣 3
岩明　均　文庫版寄生獣 4
岩明　均　文庫版寄生獣 5
岩明　均　文庫版寄生獣 6
岩明　均　文庫版寄生獣 7
岩明　均　文庫版寄生獣 8
伊藤理佐　女のはしょり道
伊藤理佐　また！　女のはしょり道
石黒正数　外《げ》天《てん》楼《ろう》
石川宏千花　お面屋たまよし
石川宏千花　お面屋たまよし　彼岸ノ祭
伊与原　新　ルカの方舟《はこぶね》
稲葉圭《よし》昭《あき》　恥さらし〈北海道警　悪徳刑事の告白〉
稲葉博《ひろ》一《いち》　忍者烈伝
稲葉博一　忍者烈伝ノ続
稲葉博一　忍者烈伝ノ乱〈天之巻〉〈地之巻〉
伊岡　瞬　桜の花が散る前に

石川智健　エウレカの確率〈経済学捜査員　伏見真守〉
石川智健　エウレカの確率〈よくわかる殺人経済学入門〉
石川智健　60《ロクジュウ》〈誤判対策室〉
戌井昭人　ぴんぞろ
石田　千　きなりの雲
井上真《ま》偽《ぎ》　その可能性はすでに考えた
井上真偽　聖女の毒杯〈その可能性はすでに考えた〉
井上真偽　恋と禁忌の述語論理《プレディケット》
内田康夫　シーラカンス殺人事件
内田康夫　パソコン探偵の名推理
内田康夫　「横山大観」殺人事件
内田康夫　江田島殺人事件
内田康夫　琵琶湖周航殺人歌
内田康夫　夏泊殺人岬
内田康夫　「信濃の国」殺人事件
内田康夫　鐘
内田康夫　風葬の城
内田康夫　透明な遺書
内田康夫　鞆《とも》の浦《うら》殺人事件

内田康夫　箱庭
内田康夫　終幕《フィナーレ》のない殺人
内田康夫　御堂筋殺人事件
内田康夫　記憶の中の殺人
内田康夫　北国街道殺人事件
内田康夫　蜃気楼
内田康夫　「紅藍《くれない》の女《ひと》」殺人事件
内田康夫　「紫《むらさき》の女《ひと》」殺人事件
内田康夫　藍色回廊殺人事件
内田康夫　明日香の皇子
内田康夫　伊香保殺人事件
内田康夫　不知火《しらぬい》海《かい》
内田康夫　華の下にて
内田康夫　博多殺人事件
内田康夫　中央構造帯(上)(下)
内田康夫　黄金の石橋
内田康夫　金沢殺人事件
内田康夫　朝日殺人事件
内田康夫　湯布院殺人事件

内田康夫　釧路湿原殺人事件
内田康夫　貴賓室の怪人〈「飛鳥」編〉
内田康夫　イタリア幻想曲　貴賓室の怪人2
内田康夫　靖国への帰還
内田康夫　若狭殺人事件
内田康夫　化生の海
内田康夫　日光殺人事件
内田康夫　不等辺三角形
内田康夫　ぼくが探偵だった夏
内田康夫　怪談の道
内田康夫　逃げろ光彦〈内田康夫と5人の女たち〉
内田康夫　皇女の霊柩
内田康夫　悪魔の種子
内田康夫　戸隠伝説殺人事件
内田康夫　歌わない笛
内田康夫　新装版　死者の木霊
内田康夫　新装版　漂泊の楽人
内田康夫　新装版　平城山《ならやま》を越えた女
内田康夫　秋田殺人事件

内田康夫　孤道
和久井清水　孤道　完結編〈金色の眠り〉
歌野晶午　死体を買う男
歌野晶午　安達ヶ原の鬼密室
歌野晶午　新装版　長い家の殺人
歌野晶午　新装版　白い家の殺人
歌野晶午　新装版　動く家の殺人
歌野晶午　密室殺人ゲーム王手飛車取り
歌野晶午　新装版　ROMMY　越境者の夢
歌野晶午　増補版　放浪探偵と七つの殺人
歌野晶午　新装版　正月十一日、鏡殺し
歌野晶午　密室殺人ゲーム2.0
歌野晶午　密室殺人ゲーム・マニアックス
内館牧子　養老院より大学院
内館牧子　愛し続けるのは無理である。
内館牧子　食べるのが好き　飲むのも好き　料理は嫌い
内館牧子　終わった人
内田洋子　皿の中に、イタリア
宇江佐真理　泣きの銀次

講談社文庫　目録

上橋菜穂子　物語ること、生きること
上橋菜穂子　明日は、いずこの空の下
上橋菜穂子 原作　武本糸会 漫画　コミック　獣の奏者 I
上橋菜穂子 原作　武本糸会 漫画　コミック　獣の奏者 II
上橋菜穂子 原作　武本糸会 漫画　コミック　獣の奏者 III
上橋菜穂子 原作　武本糸会 漫画　コミック　獣の奏者 IV
上田紀行　ダライ・ラマとの対話
上田紀行　スリランカの悪魔祓い
嬉野君　妖怪極楽
嬉野君　黒猫邸の晩餐会
上野誠　天平グレート・ジャーニー〈遣唐使・平群広成の数奇な冒険〉
うかみ綾乃　永遠に、私を閉じこめて
植西聰《あきら》　がんばらない生き方
海猫沢めろん　愛についての感じ
遠藤周作　ぐうたら人間学
遠藤周作　聖書のなかの女性たち
遠藤周作　さらば、夏の光よ
遠藤周作　最後の殉教者
遠藤周作　反逆 (上)(下)

遠藤周作　ひとりを愛し続ける本
遠藤周作　深い河《ディープ・リバー》
遠藤周作　周作塾〈読んでもタメにならないエッセイ〉
遠藤周作　新装版　海と毒薬
遠藤周作　新装版　わたしが・棄てた・女
江波戸哲夫　新装版　銀行支店長
江波戸哲夫　集団左遷
江上剛　頭取無惨
江上剛　不当買収
江上剛　小説金融庁
江上剛　絆
江上剛　再起
江上剛　企業戦士
江上剛　リベンジ・ホテル
江上剛　起死回生
江上剛　瓦礫の中のレストラン
江上剛　非情銀行
江上剛　東京タワーが見えますか。
江上剛　慟哭の家

江上剛　家電の神様
江上剛　ラストチャンス　再生請負人
江國香織　真昼なのに昏《くら》い部屋
江國香織・文　松尾たいこ・絵　ふりむく
M・モーリス　江國香織 訳　宇野亜喜良 絵　青い鳥
江國香織他　100万分の1回のねこ
遠藤武文　プリズン・トリック
遠藤武文　パワードスーツ
遠藤武文　原調
円城塔　道化師の蝶
大江健三郎　新しい人よ眼ざめよ
大江健三郎　取り替え子《チェンジリング》
大江健三郎　鎖国してはならない
大江健三郎　言い難き嘆きもて
大江健三郎　憂い顔の童子
大江健三郎　河馬に嚙まれる
大江健三郎　M/Tと森のフシギの物語
大江健三郎　キルプの軍団
大江健三郎　治療塔

2019年3月15日現在